"우리가 살고 있는 세상은 이미 모두 공범관계라고 생각합니다. 사람들은 착한 사람과 나쁜 사람으로 모두를 나누지만 전 그런 것은 없다고 생각합니다. 이미 우리는 서로 마주보는 거울 같은 삶을 살고 있다고 생각합니다."

나쁜감독 김기덕 바이오그래피 1996-2009

저자 마르타 쿠를랏 l 번역 조영학

2009년 6월 29일 초판 1쇄 인쇄 l 2009년 6월 29일 초판 1쇄 발행

도서출판 가쎄 [제 302-2005-00062호] l 서울 용산구 한강로1가 용산파크자이 D동 606호
전화 02.2071.6866 l 팩스 02.2071.6877 l 홈페이지 www.gasse.co.kr l 인쇄 정민문화사

이 책에 사용된 이미지는 저작권자의 허락을 받고 사용하였습니다.
ISBN 978-89-93489-01-9 l 값 9,000 원
파본이나 잘못된 책은 교환하여 드립니다.

나쁜감독

김기덕 바이오그래피 1996-2009

Marta Merajver-Kurlat 저 | 조영학 역

가쎄

인터뷰 번역 : Sabina Lee
현지 진행 : Sabina Lee (뉴욕) 이동준 (서울)
기획 : Book Seventeen Agency
표지사진 : 김미옥

감사의 글

이 전기를 쓸 수 있도록 도와주신 모든 분께 감사드린다. 그분들이 아니었다면 이 글은 세상에 나오지 못했을 것이다.

우선 발행인 호르헤 핀토, 특유의 열정과 부단한 격려로 이 프로젝트를 설계하고 감독해주었다. 영화감독 김기덕에 대한 감사야 말할 필요도 없겠다. 그는 이 책에 필요한 배경자료들을 제공해주었음은 물론, 내 질문에 자상하고도 포괄적인 대답으로 그의 작품이 지향하는 본질들을 이해할 수 있게 해주었다. 영화 제작과 관련된 소중한 대안들도 깨우칠 수 있도록 해주었다.

북세븐틴 에이전시의 제롬과 사비나 역시 누구 못지않게 고마운 이들이다. 서론에 밝힌 바와 같이 다소 난삽한 글을 멋지게 묶어내는데 큰 역할을 해주었다. 두 사람에게 특별한 감사를 드린다. 그들의 협조가 아니었다면 난 지금도 막다른 골목에서 헤매고 있었을지 모른다.

머리말

이 전기를 집필하는 과정은 내게도 독특한 경험이었다. 우선, 내가 집필을 위해 선택한 방식만 해도 그렇다. 이 책의 주인공인 계관감독 김기덕은 문자 그대로 나와는 서로 지구의 반대편에 살고 있는 사람이다. 우리는 만난 적도 없고 심지어 직접 편지를 주고받아본 적도 없다. 그는 오직 한국어로만 말하고 읽고 쓰지만(그는 고집스럽게 한국말을 고집한다), 나는 그의 언어를 한 마디도 이해하지 못 하는 게 바로 그 이유였다.

그와의 "인터뷰"(그 과정을 이렇게 불러도 괜찮다면)를 진행한 방식도 특이했다. 내가 영어로 된 질문지를 뉴욕의 출판사에 보내면 출판사에서는 내 질문을 김 감독 측에 전달해주었다. 중간에서 질문을 한국어로 번역하는 과정이 있었고, 김 감독의 한국어 답변이 다시 영어로 번역되어 뉴욕의 출판사를 거쳐 내게 전달되는 과정이 반복됐다. 김 감독과의 인터뷰 내용을 인용할 때면 난 반드시 문장을 그대로 옮겨 적었다. 내 문화적 편견으로 인해 원래의 뜻을 왜곡하거나 김기덕에 대한 오해의 소지를 일으키는 일이 없도록 하기 위한 방식이다.
내가 받은 인터뷰 답변의 일부는 소위 '자동기술'과도 흡사했는데, 그 점에 대해서는 무한히 감사하는 바이다. 덕분에 내가 묻고자 했던 것 이상의 답변을 얻을 수 있었기 때문이다.

다른 한편으로, 김 감독은 작품을 설명하는 게 자신의 몫이 아니라고 굳게 믿는 사람이다. 그로 인해서 그의 영화에 대해 얻을 수 있는 대답은 기대에 훨씬 못 미쳤다. 다른 분야의 수많은 예술가들이 "진리란 (미가 아니라) 관찰자의 눈 속에 있다"고 주장했듯이, 독자들 또한 김기덕의 작품에 대한 나름대로의 이해를 스스로의 가슴 속에서 찾기를 기대한다.

생각하지 말라. 이건 지적인 훈련이 아니다. 지켜보라. 그것도 꼼꼼히 지켜보라. 스크린을 향해 오감을 모두 개방하라. 그러면, 어느 순간 당신도 그 안에 있음을 깨닫게 될 것이다.

"그 안"은 물리적인 공간이 아니다. 그곳은 허공에 떠 있는 삶의 한 순간이자, 묘사가 불가능한 감각의 영역이다. 눈물이고, 미소이자, 전율이다. 무명의 공간에서 비롯된 무언가가 똑같이 이름 없는 당신의 심연을 꿰뚫을 것이다. 그러면 당신의 감정은 과거와 미래를, 현실과 가상을, 그리고 가능과 불가능을 잇는 강으로 흘러들게 된다.

김기덕의 영화를 본 적이 있다면 내가 하고자 하는 말의 뜻을 이해할 것이다. 아직 그의 영화를 접할 기회가 없었다면 지금이야말로 우리시대의 가장 놀라운 영화감독의 놀라운 세계를 일견할 절호의 기회다.

M. M. K.

옮긴이의 말

나는 영화에 대해 잘 모른다. 물론 김기덕 감독과 그의 영화에 대해서는 더욱 모른
다. 전기(傳記)의 번역을 위해 그의 작품들을 DVD로 구해 보기는 했으나 영화문법
에 문외한인 나로서는 어느 하나 만만한 장면이 없었다. 그럼에도 불구하고 그 난
해한 영화들을 빠짐없이 챙겨보았다. 그게 당연한 의무라는 생각 때문이었다. 최소
한 그런 식으로라도 경의를 표하는 것이 도리라고 생각해서였다. 영화감독이 아니
라 멋진 인간 김기덕, 내겐 그것만으로도 충분했다.

번역 작업을 하면서 시종 마음을 건드린 것은 무엇보다도 그의 이력이었다. "최종
학력 초등학교 졸업. 16세부터 공장 생활 시작. 30세까지 영화를 한 편도 보지 못한
남자" 이 시대의 가장 위대한 영화감독 가운데 한 사람인 그에게 따라붙는 이력
치고는 난감하기 짝이 없었다. 세상에! 이런 사람들이 정말로 존재하는 구나…….
처음 머릿속에 떠오른 생각은 그랬다. 그리고 난 무조건 그를 존경하기로 한다.
그가 유명한 감독이어서가 아니다. 경이적인 수상기록으로 국위를 선양해서도
아니다. 이 자리에 우뚝 서기까지 그가 겪었을 고통과 고생이 눈에 밟혀서다. 어려
운 선택의 기로에 설 때마다 이를 악다물었을 그의 의지가 고마워서다(김기덕 감독
과 나는 나이도 같지만, 26세에 대학생이 되기 전까지만 해도 나 역시 최종학력이
초등학교 졸업이었다).

며칠 전 노무현 전 대통령의 죽음에서도 드러났듯이, 대한민국은 주변인이 주류가
되는 것을 원치 않는 사회다. 부자와 권력자들로 구성된 주류는 이질적인 존재가

그들의 위에 군림하려 할 때마다 온갖 수단을 다해 비방하고 가치를 깎아내리려 한다. 김기덕 감독은 철두철미하게 주변인이다. 주변인으로 태어나 주변인으로 자랐고, 영화감독이 되어서도 주변인일 수밖에 없었던 존재……. 그리고 그는 주변인이라는 이유만으로 감독으로서의 자질마저 의심받아야 했다(인터넷 검색을 하다가 그에 대한 적대적인 평가들을 수도 없이 보고 말았다). 다행히 그는 유리벽 없는 국제영화계로 시선을 돌려 자신의 가치를 증명해보였고, 주변인인 나는 그의 선택과 성공에 고마움의 환호를 보낼 수 있었다. 그 대가로 겪어야 했을 마음고생에 눈시울을 붉힐 수 있었다.

얼마 전, 번역원고를 넘기고 『나쁜 감독 - 김기덕 바이오그래피』 프로젝트를 진행한 기획자와 출판사 대표와 함께 가벼운 술자리를 가졌다(이 보잘 것 없는 장르소설 번역쟁이를 귀한 프로젝트에 끼워주신 점 두 분께 진심으로 감사드린다). 그리고 그 자리에서 김기덕 감독이 외부와의 교류를 끊고 칩거 중이라는 얘기를 들었다. 건강도 많이 나빠진 데다 여러 가지 문제로 의기소침해 있다는 전언이었다. 며칠 전 '주변인' 대통령의 비극적인 죽음도 있던 터라, 나도 마음이 착잡했다. 하지만 비록 영화에 대해 일자무식임에도 불구하고 그가 그 위에 우뚝 서 있는 것만으로도 영광스러워, 저렇듯 골치 아픈 영화들을 끝까지 졸지 않고 보고 만 나 같은 열성(?)팬도 있지 않은가. 이제 역량 미달의 이 번역쟁이 팬은 감독 김기덕이 영원히 그들의 상석을 차지하고, 또 이 작은 프로젝트가 그의 웃음을 되돌리는데 조금이나마 보탬이 될 수 있기를 조용히 빌어본다.

2009년 5월 말, 남양주에서

**KIM KI-DUK
ON MOVIES,
THE VISUAL
LANGUAGE**

나쁜감독 김기덕
바이오그래피
1996-2009

김기덕의 악당, 범죄자, 부도덕자들은 절대적으로 악하지도 못하다. 악이란 선과의 차별을 의식할 때에만 성립한다는 간단한 진리 때문에라도 그렇다. 그 인물들은 선이 무엇인지 모르므로 스스로를 악으로 규정할 수도 없다. 게다가 우리가 도대체 무슨 자격으로 판단할 수 있단 말인가?

**KIM KI-DUK
ON MOVIES,
THE VISUAL
LANGUAGE**

나쁜감독 김기덕
바이오그래피
1996-2009

김기덕

그 작은 나라 한국에서 상대적으로 짧은 기간에 이룩한 미증유의 성장을 두고, 우리는 최첨단 전자기술의 발전, 개방적이고 강한 정부, 그리고 뜻밖의 행운을 당연시 하는 풍토를 원인으로 꼽는 경향이 있다.

틀린 말은 아니다. 하지만 이런 놀라운 발전의 이면에는, 그 열매로부터 배제된 채 죽도록 성장의 수레바퀴를 돌려야 했던 노동계급의 적잖은 희생이 있었다. 다른 시대와 마찬가지로, 이 시대에 한 개인이 계급, 생활환경 등 자신에게 운명 지어진 온갖 장애를 극복하고 온 세상이 칭송하는 위대한 창조자로 부활한다는 건 놀라운 기적임이 분명하다. 그 창조자는 유럽문화와 직접 부딪친 후 고국으로 돌아가 세상을 자신의 방식으로 표현하기로 결심한다. 우리는 김기덕의 영화들이 동서양의 차이, 한국 민족, 그리고 그들의 고난을 다루고 있다고 오해하는 경향이 있다. 그의 말은 다르다. 정작 그의 관심은 다른 곳에 있으며, 민족성은 그의 이야기가 다루고자 하는 핵심과 거리가 멀다는 얘기다.

김기덕은 뜻이 있는 곳에 길이 있다는 속담의 산 증거라고 할 수 있다. 1960년 경상북도 봉화에서 태어났지만 아주 어릴 때 가족과 함께 서울로 올라왔다. 그후로도 노동계급의 단조로운 생활패턴을 벗어나지 못했던 것으로 보인다. 그가 선택할 수 있는 미래 역시 농부 아니면 공장노동자 정도였다. 가족들도 다른 선택을 기대하지도 격려하지도 않았다. 하지만 그의 내면엔 어느 누구도 상상 못한 예술혼이 불타고 있었다. 그는 성실하게 가족의 요구를 따랐다. 처음엔 초등학교에 다녀보기도 했고 그 다음엔 공장에 취직도 했다. 하지만 정작 눈을 가진 사람들로 하여금 실제로 볼 수 있게 해주고, 외부의 눈뿐이 아니라 동면중인

오감의 눈까지 일깨워 자아와 타아에 대해 각성하게 해줄, 바로 그 욕망에 불을 지핀 것은, 맹인을 돕는 자원봉사자 일을 하던 시기로 보인다.

이 명감독이 전하는 청소년기의 일화들은 듣다보면 기가 막힐 정도이다. 서른 살의 나이에 돈을 모조리 긁어모아 파리행 편도 티켓을 끊게 될 때까지 그는 육체노동이든 자동화 공장의 잡역부이든 뭐든지 하면서 단 한 번도 휴식을 취해본 적이 없었다. 폐차장, 단추 공장, 가전제품 회사, 건설현장에서도 일했다. 그는 이런 경험들을 한 번도 후회한 적이 없다고 말하지만, "늘 지쳐있었다."라는 문구의 혹독함마저 우리가 외면할 수는 없으리라.

동료들과의 대화, 혹은 책 속에서 해답을 얻는 일반 사람들과 달리, 김기덕은 필요한 해답을 스스로 찾아내야 하는 질문들을 자기 자신에게 던졌다. 그는 왜 인간이 물리적, 정신적 고통을 감내해야 하는지 알고 싶어 했다. 그와 같은 야인이 그런 식으로 인간의 운명에 대한 의문을 제기했다는 것도 놀랍지만, 시나리오를 쓰는 방식으로 질문의 해답을 얻으려는 시도를 했단 사실은 더 놀라운 사실임에 틀림없다.

그의 평생 취미인 그림은 특별한 관찰력은 물론 사물의 현상 이면을 보는 능력을 요구하는 영역이다. 따라서 그가 영상이미지로 한 걸음 더 나아가기로 결심했을 때, 그가 그림을 그린다는 사실은 적잖이 든든한 기반이 되어주었을 것이다. 영화에 대한 김기덕의 관심은 그가 생애 최초로 보았던 세 편의 영화에서 시작되었다. 〈양들의 침묵〉, 〈퐁네프의 연인들〉, 마르그리트 뒤라스의 원작 소설을 영화화 한 〈연인〉이 바로 그 작품들이다. 여기에 파리지앵의 분위기를 더해보자. 왜냐하면 파리에 도착하기 전에 김기덕은 한 번도 영화관에 발을 들여놓은 적이 없었기 때문이다.

이런 식의 피상적인 견해가 이 전기를 기껏 또 다른 버전의 입지전적 스토리로 몰아갈 우려가 있다는 것도 인정한다. 하지만 그들과 다른 점은 감독 김기덕의 성공이 결과에 상관없이 끝까지 자신한테 솔직하겠다는 결심의 직접적인 결실이란 점이다. 이른바 그는 개인의 정서와 경력의 선택 사이에 분명한 선을 긋기가 불가능한 인물이다.

다음 장에서는 한 개인이 내적추구에 앞서 세상의 이목을 끌기 위한 얄팍한 처세술에 의존하는 짓이 얼마나 부질없는지를 보여줄 것이다. 요컨대 자기부정으로 예술을 모방할 수는 있겠지만, 진정한 예술은 진실한 가슴에서 비롯된다.

한국 영화의 출발

서구인의 눈으로 본다면 서울처럼 복합적인 도시에 사는 서른 살의 청년이 왜 영화를 한 편도 보지 않았는지 언뜻 이해하기 어려울 수 있다. 어쩌면 이쯤에서 한국 영화 산업의 현실을 조망하기 위해 간단히 한국의 영화사를 검토할 필요가 있을지도 모르겠다.

조희문 교수에 의하면, 한국에서 일반 대중을 상대로 영화가 처음 상영된 방식은 매우 독특했다. 한국 정부로부터 서울시의 전기 공급을 위탁받았던 헨리 콜브란이 노동자들의 생산성을 고취하기 위해 영화를 보여주기 시작한 것이다. 그런데 영화상영이 일반인들의 커다란 호응을 얻게 되자, 그는 즉시 사업을 확장하고 자신의 회사 내에 엔터테인먼트 사업부문을 신설했다.

서양영화를 접한 대중들의 반응은 충격 그 자체였다. 왜냐하면 그들이 영화를 통해서 접하게 된 서양 사람들의 생활방식이 한국인들의 그것과는 전혀 딴판이었기 때문이다. 그러면서도 다른 한편으로 영화를 보는 행위는, 도무지 비슷한 점이라고는 거의 찾아볼 수 없는 두 문화 사이의 극단적 괴리감을 어느 정도 극복할 수 있도록 만드는 가교 구실도 해주었다.

물론 교육받은 계층과 그렇지 못한 일반대중이 이 문제를 같은 시선으로 바라볼 리는 없었다. 전자가 서방의 이해와 공부가 유용하고 유익하다는 신념으로 상영을 격려한 반면, 후자는 영화를 값싼 엔터테인먼트로 치부하면서 새로운 매체의 교육적 측면을 외면했다.

최초의 야외극장은 1903년에 문을 연 것으로 보인다. 그리고 곧 이어 수많은 상영관이 그 뒤를 이었다. 상영관들은 연일 매진사례였다. 사실 1910년 한일합병 때까지만 해도 모든 것이 순조로워 보였다. 일본 정부는 영화제작을 억제하지는 않았으나, 영화산업 자체는 심한 검열을 받아야 했다. 프랑스와 미국 같은 나라들이 주로 지역적인 테마를 중심으로 한국에서 영화촬영을 했지만, 이들 작품들은 대개 나라 밖에서 상영했기 때문에 일본 정부가 식민통치에 장애가 된다고 생각할 이유는 없었다. 그들이 염려한 것은 이런 형식의 표현매체가 강력한 선동수단이 될 수 있다는 사실이었다.

물론 그 수단은 식민정부의 이해에 부응할 수도, 역행할 수도 있었다. 따라서 일본 정부는 애국심과 혁명정신을 고취할 위험요소들은 엄격하게 감시하는 반면, 그들 자신의 입맛에도 맞는 계몽영화들(보건, 저축습관, 화재예방 등)을 제작하고 상영해나갔다.

한국인들이라고 특별히 영화제작을 금지 당한 건 아니었다. 비록 다큐멘터리 중심에 불과했으나, 연합군에 패한 일본이 1945년 한국에서 물러날 때까지 수많은 영화들이 제작되고 또 소실되었다. 그 후 한국은 또 한 번의 전쟁(1950~1953)을 겪어야 했다. 외국의 지배로부터 독립을 획득한 남한이, 소련과 중국의 사주를 받은 북한에게 침략당한 것이다. 다행히 남한이 공산주의의 먹이가 되지는 않았으나 전쟁은 엄청난 피해를 남겼다. 이따금 고개를 들이미는 독재정부들에 저항해야 하는 악조건들을 뚫고, 한국이 탁월한 기술개발로 아시아의 호랑이로 성장했을 뿐만 아니라, 서구인들까지 그 독특한 문화를 지켜보고 모방하려 한다는 사실은 실로 기적이 아닐 수 없다.

KIM KI-DUK
ON MOVIES,
THE VISUAL
LANGUAGE

나쁜감독 김기덕
바이오그래피
1996 - 2009

소명

이후 눈부신 경제성장을 이룬 한국에서 영화산업 역시 발전했다. 여기서 다시한 번 떠오르는 의문. '왜 김기덕은 자신의 조국에서 영화를 보지 않았을까' 영화 평론가 김소희와의 인터뷰에서 그는 "육체노동을 통한 생산만이 인생에서 유일한 가치가 있다. 문화는 사치다."라고 선언한 바 있다. 하지만 2008년 12월, 내가 똑같은 질문을 던졌을 때, 그의 대답은 당시와 근본적인 차이를 보였다. 그의 말을 인용해본다.

"저는 16세부터 오랫동안 공장에 다니면서 문화와는 거리가 먼 삶을 살았고 영화는 정말 판타지라고 생각했습니다. 영화는 대학을 나와야 볼 수 있는 문화이고 저처럼 공장에 다니는 사람은 봐도 이해할 수 없는 차원이라고 늘 생각했던 거 같습니다. 그래서 파리에 도착하기 전에는 영화는 의미 없는 엔터테인트먼트라고 생각했다고 생각합니다. 어쨌든 영화란 저에게 너무 멀고 다른 세계였다고 생각해서 볼 생각도 못했습니다."

그가 평론가에게 했던 대답은 엄격한 이데올로기에 기초한 이분법적 세계관을 드러내고 있다. 반면에 2009년도에 그가 내게 했던 답변에서는 성숙과 반성, 그리고 내적 성찰의 시간을 거쳐 온 흔적이 느껴진다. 그건 또한 "그들"의 세계, 그러니까 "우리"가 아무리 헤엄쳐 가봐야 결국 익사할 수밖에 없는 저 깊은 바다 너머 소위 "세련된 문화"가 펼쳐진 세계에 대해 수많은 공장노동자들이 느꼈음직한 정서를 반영한다.

그가 선택한 파리 행 역시 많은 질문을 유발하는 요인이 아닐 수 없다. 1950년 대 말부터 1960년대까지 프랑스가 소위 영화라는 '게임'의 법칙을 바꾸는데 선도적인 역할을 수행한 건 사실이지만 반면에 다른 나라들, 특히 이탈리아와 영국은 카메라의 새로운 활용방식을 개척하고 있었다. 사실 이탈리아의 네오리얼리즘이 프랑스의 누벨바그(1950년대 후반기에 활약했던 프랑스의 젊은 감독 집단-옮긴이)에 앞서지 않았다면 그 시대의 프랑스 개혁가들도 필경 다른 선택을 했을 것이다.

아무튼 김기덕은 무일푼으로 파리에 도착했다. 그리고 거리의 화가로 생계를 꾸리고, 모르긴 몰라도 파리 주변을 어슬렁거리며 도시의 배열과 건물과 사람들을 구경했을 것이다. 그러던 어느 시점인가 발길이 그를 영화관으로 이끌었다. 김기덕은 전술한 세 영화에 커다란 충격을 받았다고 고백했다. 그 후 그는 "영화와 영화제작에 대한 꿈을 키워갔다."

그가 언급한 최초의 두 영화, 〈양들의 침묵〉과 〈퐁네프의 연인들〉은 둘 다 1991년에 개봉되었고, 〈연인〉은 1992년 작품이다. 다른 영화들도 보기야 했겠으나 김기덕 감독 스스로 이 영화들이 그의 인생에 특별한 영향을 미쳤다고 주장하는 한, 우린 이 영화들을 주목할 수밖에 없다. 아니, 어떤 식으로 이 영화들이 그의 꿈을 자극했는지 엿보기 위해서라도 검토는 불가피하다.

토머스 해리스의 소설을 원작으로 한 영화 〈양들의 침묵〉은 안소니 홉킨스와 조디 포스터 주연의 섬뜩한 심리 스릴러물이다. 무기징역형을 선고받고 복역 중인 식인 연쇄살인범 한니발 렉터 박사(안소니 홉킨스)는 젊은 FBI 수습요원

클라리스 스털링(조디 포스터)을 이끌어서, 피해자의 피부를 도려내고 다니는 또 한 명의 연쇄살인범을 체포하도록 도와준다. 이 이상한 관계에서 가장 중요한 점은 렉터가 실제 진료상황과 똑같이 스털링을 상대로 정신과의사와 환자의 게임을 주도하며, 자신의 두 번째 전문기술쯤 되는 정신의학적 능력과 지식을 유감없이 발휘한다는 사실이다.

이러한 관계 속에서 스털링은 환자가 의사 앞에서 행동하는 것과 똑같이 렉터 박사 앞에서 자신을 방어하기도 하고 그를 거부하기도 한다. 그런 의미에서 결국 살인범을 잡는 이야기의 결말은 스털링이 겪는 치유과정에 비하면 거의 의미가 없을 정도이다. 스털링은 자신의 내부에 억압되어있는 경험에 렉터 박사가 개입하는 것을 어떻게든 피해보려고 하지만, 오히려 민감한 순간마다 정확한 진단을 내리는 그의 능력 덕분에 스스로 인정하지 않으려 했던 두려움을 말끔하게 극복한다.

인간의 한계에 대한 김기덕의 접근방식을 제대로 이해하기 위해 어쩌면 우리는 "억압된 경험"의 의미를 정확히 짚어볼 필요가 있을지도 모르겠다. 우리의 무의식이란 것이, 어떤 불안감의 원인을 파악하기 위해 경우에 따라서는 몇 년에 걸쳐서 캐내야 하는 탄광과도 같다는 사실은 널리 알려진 통념이다. 하지만 이런 통념을 이해하기 위해 프로이트의 "억압의 회귀"를 들먹거릴 필요까지도 없다. 요컨대 정신분석 이론의 미로 속에서 길을 잃지 않고 그 문구들을 이해할 수만 있다면, 불안의 원인을 알기 위해 (아무 것도) 캐낼 필요가 없다는 얘기다. 불안감의 원인들은 무의식의 두터운 층을 뚫고 수시로 표면화된다(꿈, 실수, 농

담, 혹은 일반적인 실수들을 통해서). 억압되어있던 본성들은 그때그때 다른 형태로 그리고 반복적으로 표면화된다. 따라서 외적인 이야기(살인범을 추적하는 이야기)는 고통에 시달리는 마음과 억압된 본능을 분리해 그 원인을 밝혀내는 정신과의사/살인자의 능력을 강조하기 위한 포석에 불과하다.

이 영화가 김기덕에게 보여준 것은, 우리가 세상에 드러내고 있는 얼굴에도 불구하고, 정상적인 인간으로서의 우리 모두에게 잠재되어 있는, 언어를 초월한 어두운 측면이라고 말할 수 있다. 덧붙이자면 김기덕은 정신분석 이론에 대해서는 일체 언급하지 않는다. 오히려 그의 시나리오 대부분을 자극하는 건 철학적이고 형이상학적인 관심들이다. 이제 곧 알게 되겠지만, 그의 영화가 양심을 다루고 있다는 말을 들을 때, 그 무의식이야말로(사실을 알되 의식하지 못한다는 점에서) 오히려 디즈레일리(Disraeli)가 말한 이른바 "부재를 통한 드러냄"에서 비롯되었다는 생각을 하지 않을 수 없다.

레오 까락스의 영화 〈퐁네프의 연인들〉은 기본적으로 사랑에 관한 이야기이다. 내가 왜 군이 이 영화의 주제가 사랑이란 사실을 강조하는지 의아해하는 사람도 있을지 모르겠다. 어차피 전 세계의 영화사 속에서 가장 높은 비율을 차지하고 있는 주제가 사랑이니 말이다. 하지만 핵심은 바로 여기에 있다. 대부분의 러브스토리에는 에로티시즘, 섹스, 질투, 미련, 후회, 그리고 외부로부터 가해지는 방해와 같은 요소들 가운데 몇 가지가 포함되어있다. 이 영화엔 두 주인공(불행한 애정관계에 시력을 잃는 질병까지 겹쳐서 거리의 부랑자처럼 살아가는 화가 미셸, 그리고 거리의 곡예사로 살면서 미셸에게 집착하고 그만큼 고통스러워하는 알렉스) 이외의 인물들이 섞여 있으나, 정말로 중요한 건 오직 두 사람의 '벌거벗은 사랑' 뿐이다. 두 사람의 비참한 생활, 그리고 서서히 서로의 불행을 알아가는 방식은 두 사람을 더욱 더 가깝게 만든다. 서로를 잃는다는 단순한 가능성만으로도 견딜 수 없을 정도다. 보통은 서로를 구속하고 있는 이런 장치들이 제거되고 나면 그 사랑은 기껏해야 처분 가능한 장신구로 전락하는 수가 있지만 이 영화 속의 사랑은 다르다. 두 사람의 사랑은 당시로서는 가장 비전통적인 방식으로 그려진다. 이런 사랑은 강제할 수도, 찬양할 수도 없고, 더군다나 숭고한 감정의 축소판으로 제시될 수도 없다. 그보다는 그저 생겨난 다고 해야겠다. 〈퐁네프의 연인들〉이 김기덕에게 어쩌면 사랑의 신비를 탐구할 욕망을 자극했는지도 모를 일이다. 우리의 삶을 구성하는 본질로서의 사랑을 말이다.

마르그리트 뒤라스의 소설 〈라망테〉에 기초한 영화 〈연인〉 역시 인간이 사랑에 접근하는 방식 가운데 하나에 천착하고 있다. 1992년 장 자끄 아노 감독이 연출한 이 영화는 뒤라스의 강박증을 실마리로 잡고 있는데, 제임스 카버의 소설 〈사랑을 말할 때 우리가 이야기하는 것〉에 잘 표현된 바로 그 테마와도 일치한다. 1958년, 당시 약관 26세의 신참내기 감독이었던 루이스 말이 그녀의 또 다른 소설 〈연인들〉을 영화화 한 적이 있다. 흥미로운 사실은 영화 〈연인들〉에서 주인공역을 맡은 배우 장 모로가 영화 〈연인〉에서는 대사나 장면에 배제되어있는 미학적 정보를 채워주는 보이지 않는 내레이터로 목소리를 빌려주었다는 사실이다.

제 1차 세계대전이 끝나고 약 10년 후의 사이공을 배경으로 한 이 영화/소설(이 글에서 두 용어는 중용이 가능하다. 감독이 경이로울 정도로 텍스트에 충실한 덕분이다)은, 일종의 대립과 불가능, 그리고 세상의 모든 골수 부르주아지들에 대한 경고의 향연이라 할 수 있다.

우리의 호르몬이 감당 불가의 열정으로 치닫는 인생의 시기에, 몰락한 프랑스 가정의 어린 소녀가, 부자에다 어쩌면 여자 경험까지 많을지도 모를 상류층 중국 청년의 혼을 빼놓는다. 결국 욕정에 사로잡힌 그는 돈과 권력을 이용해서 수단과 방법을 가리지 않고 소녀를 가지려 한다. 여기서 "가진다"는 표현은 전혀 과장이 아니다. 실제로 그는 그녀를 소유하고 싶어 한다. 그녀의 주인이 되어 그녀를 노예로 만들려고 한다. 그리고 모든 게 엉망으로 꼬이고 만다.

물론 그가 그녀를 진정으로 사랑한다고 말하는 건 불공평하다. 그 순간에조차 마치 희귀동물을 사냥하듯 그녀를 덮친 그가 아니던가. 두 사람의 조우가 이루어지는 동안, 실제로 상황을 주도하는 건 오히려 그녀이다. 성에 눈을 떴지만 탐욕에 굴복하지는 않았던 덕분이다. 그녀는 성을 탐구하고 싶어 한다. 더욱이 그가 둘의 관계에 철저히 매몰된 탓에 얼마든지 거액의 돈과 재물을 요구할 수 있단 사실도 잊지 않는다.

어쨌거나 결국 각성은 사랑을 유발한다. 사랑은 땀에 얼룩진 두 사람의 몸에 불을 지르고, 서로에 대한 갈증은 꺼지지 않는다. 그로 인해 우리가 스크린을 통해 보는 사랑은, 시큼 달콤한 쾌락이자 부단한 고통이며, 야만적인 접촉이자 고통스런 배척으로 변질된다. 그리고 그 이상이다.

두 사람의 특별한 관계는 모든 규칙을 거부한다. 두 가족 모두 '불결한' 타 인종에게 핏줄이 더럽혀지는 것을 허용하지 않을 것이다. 그녀의 어머니는 자신의 딸이 결혼도 안한 몸으로 소중한 정절을 잃었단 사실을 극복하지 못하고, 그의 아버지는 이미 몇 년 전에 아들에게 어울리는 양갓집 규수를 아들의 결혼 상대로 정해놓은 상태였기 때문이다. 그래서 결국 두 사람은 헤어진다. 하지만 그는 영원히 그녀를 사랑할 것이다. 호기심에서 시작되어 그에게 권력을 행사하는 수준으로 관계를 발전시켰던 그녀 역시 그를 사랑했음을 깨닫는다. 따라서 그녀도 이제 자신의 사랑이 던져놓은 그림자를 사랑할 것이다.

이 영화가 김기덕에게 던져준 영향을 이론적으로 추론하기 전에, 먼저 언어에 대해 몇 마디만 할 생각이다. 김기덕은 이 영화들을 거론하면서, 〈퐁네프의 연인들〉은 그 영화에 사용된 언어, 즉 불어로 불렀고 〈양들의 침묵〉은 영어로 불렀다. 하지만 아노의 영화는 그가 파리에서 봤음에도 불구하고 영어로 지칭했다. 다소 모호한 태도이기는 해도, 그건 김기덕이 소통의 시스템으로의 언어에 크게 의미를 두지 않는다는 것을 뜻한다. 기본적인 불문법조차 모르면서 어떻게 파리에서 지낼 수 있었는지 묻자, 그는 이렇게 대답했다.

"아주 조금 명사와 동사를 외워 생활했습니다. 언어를 모른다는 게 다행일 때도 있고 답답할 때도 있지만 그 사회와 역사를 너무 깊이 알고 싶지는 않습니다. 이미 그 사람들의 표정과 행동을 통해 많은 것을(!) 알 수 있었습니다. 지금도 영어나 유럽어를 모른다는 게 다행이라고 생각합니다."

다시 말해서, 발화로서의 언어는 중요하지 않다는 얘기다. 제스처와 색깔 등의 다른 표현 매체를 이해할 수 있다면 소통은 가능하다. 만일 이 전기(傳記)의 기술에 필연적인 도구로서의 기호 언어에 의존해야 한다면, 김기덕은 가장 알맞은 언어를 찾아 나설 것이다. 그의 영화 대사를 언급할 때 이 문제를 좀 더 깊숙이 다뤄볼 생각이다.

영화 〈연인〉이 그에게 매우 깊은 인상을 심어주었다는 얘기로 되돌아가 보자. 그건 아마도 이 영화가 '보편적인 것'을 다룬다는 사실과 관계가 있을 것이다. 날 것 그대로의 느낌들, 나이와 인종, 그리고 시대를 떠나서 누구나 경험할 수 있는 문제를 다루고 있다는 사실과 관계가 있었을 것이다.

그렇다면 독자들은 〈연인〉을 포함한 세 편의 영화들을 보기 "이전"과 보고 난 "이후" 이 영화들이 그의 삶에 어떤 의미가 있었는지에 대해서 김기덕 감독이 스스로 대답해주지 않는 이유가 궁금할 것이다. 대답은 간단하다. 그는 이 세 영화로 인해 "신선한 충격"을 받았다고 대답했지만, 다른 한편으로 그는 자신의 영화들이(어쩌면 일반적으로 영화라는 것이) "토론을 해야 하는 꺼리"가 아니라, "그냥 보고 느끼는 것"이라는 경고를 이미 나에게 했던 터라, 난 또 다시 그에게 질문하는 것을 자제할 수밖에 없었다.

KIM KI-DUK
ON MOVIES,
THE VISUAL
LANGUAGE

나쁜감독 김기덕
바이오그래피
1996-2009

집을 떠난다는 것

김기덕에 대한 많은 글들은 그가 파리에서 예술적 각성을 했다는 사실에 초점을 맞추고 있다. 그 때문에라도, 그가 외국행을 처음 생각하기 이전부터 이미 그림을 좋아했단 사실을 스스로 강조한 건 다행스러운 일이다. 프랑스의 수도에서 지냈지만 그게 다는 아니었다.

"프랑스에만 있었던 게 아니고 유럽에 있는 대부분의 미술관을 다 다녔고, 많은 그림과 조각 사진을 보았고, 그 모든 게 저의 영화 작업에 영감을 주었습니다. 특히 미술관의 작품보다는 거리의 동상이나 과거의 흔적들이 저에게 큰 영감을 주었습니다. 특히 헝가리의 이름 없는 마을에 있던 동상들이 더욱 그랬습니다."

조각이나 동상들에 대한 언급은 몇 가지 생각할 거리를 던져준다. 실제로 그의 몇몇 영화들은 고대와 근대 한국의 조각품들을 환상적으로 보여주고 있다. 하지만 조각의 제작과 그에 요구되는 기술은, 실제 사람들과 그들의 일상을 담은 장면 속에 직관적으로 삽입되어 있다. 끊임없이 재배치되며 무한한 미적 가능성과 가치를 제공하는 살아있는 조각들인 셈이다.

그가 들려주는 이야기로 판단해볼 때, 소위 "파리 신화"는 파리와 그림이 하나라는 통념에서 출발하는 것으로 보인다. 김기덕은 당시의 한국 사람들이 생각한 것에 대해 얘기하고 있으며, 그 속에서 그도 예외는 아니었다. 그가 말했듯 1990년에 그는 "그림 때문에" 파리로 갔다.

파리에서의 생활이 그림에 국한된 것은 아니지만, 그는 화가의 눈으로 모든 것을 받아들였다. 아무리 타고난 화가들도 도구의 사용법 정도는 훈련을 받아야 한다. 하지만 학교 교육에만 충실한 화가는 다른 사람들이 보지 못하는 순간을 한 눈에 받아들이는 특별한 눈을 지닐 수 없다. 진정한 화가는 사물의 표피 이면을 보고 체형, 피부색, 옷, 화장에 감춰진 본질을 들여다본다.

이국사회의 한가운데 던져진 다른 사람들과 마찬가지로, 그 역시 문화적으로 명치끝을 얻어맞은 것과 같은 충격을 받게 된다. 신기한 건 그 충격이 극장에서 처음 일어났다는 사실이다. 영화관에서 가능한 상호작용이란 관객의 마음/감각과 스크린에서 진행되는 연기 사이에 이루어지는 게 전부다. 〈카이로의 붉은 장미〉가 교묘하게 뒤집어놓기는 했으나, 공유나 접촉의 기회는 여전히 전무하며, 관객은 자신이 보고 있는 장면에 대해 반추하거나 동일시할 수 있을 뿐이다.

당연하겠지만, 김기덕도 그가 본 최초의 영화에 대한 사전 인상이 남아있었다. 그리고 이제 지금껏 영화에 대해 간직했던 담화가 사실과 차이가 있다는 사실을 깨닫는다. 그의 말에 따르면, "영화의 이야기는 내가 상상으로만 간직했던 얘기들과 크게 다르지 않았다. 내가 [영화에] 관심을 갖게 된 건 그 때문이다."

영화를 만드는 일이 그가 알지 못하는 딴 세상의 일이 아니란 생각은, 프랑스인들을 관찰하면서 점점 더 강해진다. 그들은 그가 한국에서 알았던 사람들과 완전히 달랐다.

"부랑자나 누구나 모두 자기의식을 갖고 자신 있게 살아가는 것을 보면서 저도 자신감을 가졌습니다."

그리고 자신에 대한 비전도 바뀌었다.

"그렇게 영화를 보면서 영화 시나리오를 쓰고 싶었고 한국에 돌아가 영화 일을 시작했습니다."

외국에서 체류한 경험이 한 사람의 인생을 바꿔놓을 수도 있단 사실에 대해 의 아해 하는 사람들도 있을지 모르겠다. 자신의 사적 관찰을 다른 방식으로 재현 해보겠다는 결심은 김기덕에게 궁극적으로 하나의 아이콘이 되었다.
분명한 목표의식이 있는 것도 아니었다. 그건 그냥 일어났을 뿐이다. 어쩌면 그 에게, 세계가 들어야 할 얘기가 있었기 때문일 수도 있다. 하지만 그림을 고수 해서 다행히 박물관에 작품을 전시할 기회를 얻는다 해도, 청중의 범위는 극도 로 제한되었을 것이다. 그랬다면 그의 메시지, 그러니까 그가 우리에게 해독하 도록 몰아붙이는 메시지는, 슬프게도 현대미술의 음향과 분노 속에서 소멸되 고 말았을 것이다.

KIM KI-DUK
ON MOVIES,
THE VISUAL
LANGUAGE

나쁜감독 김기덕
바이오그래피
1996-2009

다시 한국으로

1993년, 다시 프랑스에서 한국으로의 귀국을 결심했을 때 김기덕에겐 두 가지 사실이 확실했다. 하나는 영화 시나리오를 쓰는 방식으로 영화계에 발을 들여 놓겠다는 것이고, 다른 하나는 공장노동자의 삶으로 다시는 돌아가고 싶지 않다는 생각이었다.

그는 시나리오 학원에 등록함으로써 일단 긍정적인 행동을 취했다. 하지만 모든 사람들이 당연한 생계수단이라고 여기는 일자리를 포기하겠다고 (가족과 친구들에게) 선언하는 게 쉬운 일은 아니다. 그들은 "영화를 향한 내 꿈에 도움을 줄 능력과는 거리가 먼 사람들"이었다고 김기덕은 말한다.

당시의 모습을 상상해보는 건 어려운 일이 아니다. 그건 전 세계의 노동계급 가족들이라면 어느 가족이나 지니고 있는 문제이기 때문이다. 사실 몇 세대를 거쳐 생계를 단순노동에 의존해온 사람들에게, 예술과 관련된 막연한 직업이 현명한 선택이라고 설득하는 건 아무래도 무리일 수밖에 없다.

하지만 김기덕은 결국 가족들에게 그 사실을 알려야했고 식구들은 당연하다는 듯이 모든 수단을 동원해서 그를 말렸다. 물론 이해 못할 바는 아니다. 어느 모로 보나 쪽박신세를 면치 못할 위험천만한 길이다. 서른세 살이나 된 아들의 뒷바라지를 해줄 형편도 못되지만 그의 미래도 걱정되었을 테니 말이다. 모르긴 몰라도, "숲 속에 사는 새 두 마리보다 내 손 안에 있는 한 마리의 새가 더 가치 있다"와 유사한 속담이 한국에도 있다면, 아마도 그 속담이 틈날 때마다 그의 두 귀를 두드려댔을 것이다.

"가족들은 생계비를 벌지 못할까봐 내가 시나리오 쓰는 것을 반대했고 저는 길

거리에서 사람들의 초상화를 그려주면서 거리에서 타자기를 안고 시나리오를 썼습니다. 사람들이 대학 나온 사람들도 못하는 것을 한다고 포기하라고 한 적도 많습니다. 그러나 저는 거리에서 그림 그리는 것이 너무 창피했습니다. 늘 모자를 눌러쓰고 얼굴을 가리고 시나리오를 썼습니다."

이 에피소드는 목표를 달성하고 말겠다는, 아니 최소한 누가 옳은지 증명할 때까지라도 노력해보겠다는 김 감독의 결심이 어느 정도였는지를 여실히 보여준다. 수치심은 커다란 장애물 가운데 하나였다. 김기덕 감독처럼 어떤 분야에서 정상의 자리에 오른 누군가가, 과거에 수치심을 느꼈던 경험을 스스럼없이 털어놓는 건 아직까지도 매우 이례적인 경우라고 할 수 있다. 그리고 이런 태도는 예술에서뿐 아니라 삶 속에서도 진솔한 인간성을 지키는 것이 얼마나 커다란 자산인지를 보여주는 예라 할 수 있다. 한 사람의 말에서 진실을 느낄 때, 그의 작품에도 찾아볼 만한 진실이 있으리라고 믿을 수밖에 없기 때문이다.
그의 성공을 바라는 친구들도 그의 "기행"에 당혹해하기는 마찬가지였다.

"사람들이 대학 나온 사람들도 못하는 것을 한다고 포기하라고 한 적도 많습니다…"

더 심한 경우는 아예 저주를 퍼붓기도 했다.

"어떤 사람은 이렇게 말했습니다. 김기덕 씨가 작가가 되면 자기 손에 불을 붙이겠다고 했습니다."

그들이 손가락에 장을 지졌는지 아니면 손에 불을 붙였는지는 김기덕이 알 바는 아니다. 아무튼 그는 고집스럽게 자신이 해야 할 일에 시간과 에너지를 쏟아부었다. 시나리오 학원에서는 그의 경험을 최대한 살렸다. 같은 반 사람들이 모두 대학졸업생이라는 사실이 불안하기는 했다. 겨우 초등학교만 졸업한 그였으니 당연한 일이었을 것이다. 그 중에는 문학을 전공한 사람도 있었는데, 그래도 그의 이야기들은 선생들로부터 많은 칭찬을 받았다. 물론 대학을 다니지 못한 탓에 선생들뿐 아니라 학생들한테도 배워야 했다. 소위 "시나리오 문법" 같은 것들이다.

당시의 그에게 희망적 사고나 백일몽 따위가 있을 리 없었다. 생계형 노동까지 완전히 포기한 터라, 그는 시나리오 창작을 "노동"처럼 여기고 "노동처럼 매일 작업"을 했고, 그런 식으로 매달 장편영화 하나 분량의 시나리오를 완성해냈다. 빠른 시일 내에 전문작가가 되어 각본을 대형 스크린에 올리지 못하면 어차피 공장노동자로 돌아가야 할 인생이었다. 그건 도저히 참을 수 없는 미래였다. 어쩌면 그 덕분에라도 자신의 최대 역량을 발휘할 수 있었는지도 모르겠다.

그해 쓴 열 개의 각본 중에서 〈화가와 사형수〉가 한국 영상작가 교육원 창작 대상을 수여했으며, 그로부터 12개월 후 그는 정말 자기 영화의 감독으로 첫 데뷔를 한다. 그는 그때의 상황을 이렇게 털어놓았다.

"영화공부를 따로 하거나 연출부를 거치거나 하지 않았기 때문에 많은 시행착

오를 했습니다. 그래서 초반에 찍은 필름은 다 버렸습니다. 그리고 약 4개월간
찍어 완성한 영화가 '악어'이고 방법은 어설프지만 영화는 의미가 있다는 평을
얻었습니다."

**KIM KI-DUK
ON MOVIES,
THE VISUAL
LANGUAGE**

나쁜감독 김기덕
바이오그래피
1996 - 2009

영화를 만드는 재료들

셰익스피어의 구절 "꿈을 만드는 재료들"(〈템페스트〉 중에서-옮긴이)은 적절한 비유라 하겠다. 김기덕 자신도 "영화와 영화제작에 대한 꿈"에 대해 말한 데다, 그의 영화들도 대부분 몽상적인 분위기를 발산하기 때문이다. 어쩌면 모든 꿈이 즐거운 것은 아니며, 악몽들 또한 매브 여왕(사람에게 꿈을 꾸게 하는 요정-옮긴이)의 지배를 받는다는 사실을 명심할 필요도 있을 것이다.

〈악어〉는 1996년에 상영되어 평론가와 관객 모두의 관심을 끌었다. 악어는 (다른 낙오자 둘과 함께) 서울의 어느 다리 밑에서 사는 폭력적인 노숙자 건달이다. 그러던 어느 날, 애정문제로 괴로워하던 젊고 아름다운 여자가 다리에서 뛰어내려 자살을 시도한다. 악어는 강에서 그녀를 건져내 강제로 범한다. 그녀는 원한다면 떠날 수도 있었으나, 어떤 이유들로 인해 머물기로 결심하고, 그 후 넷은 아주 기이한 가족의 형태를 이루며 살게 된다. 하지만 악어의 타고난 폭력성은 수그러들지 않는다. 그리고 그가 해결이 거의 불가능한 말썽을 일으켰을 때 여자는 두 번째 자살을 시도한다.

하나의 이미지가 수천 개의 단어보다 더 큰 의미를 지닐 수 있다. 이 글에서 〈악어〉가 여성에게 미치는 영향을 소개하기 위해 우선 그와 관련된 피상적인 플롯만 소개한 것도 그 때문이다. 하지만 윗글에 드러난 사실만으로도 폭력은 거의 참을 수 없을 정도이고, 그로 인해 영화를 본 대부분의 여성들은 실제로 그 저변에 깔린 개인적, 사회적 메타포들을 읽지 못했다. 그저 스크린 밖의 그들을 노려보는 야만성과 타락상에 시선을 빼앗겼을 뿐이다. 그리고 그 후 그들은 김 감독을 '사이코' 라고 부르기 시작했다.

이러한 반-김기덕 정서는 다음 영화가 나오면서 더욱 깊이 뿌리를 내렸다. 심지어 그의 영화에 반대하는 여성운동가들의 움직임까지 있었는데, 그의 영화들이 성차별이 심각한 이 나라의 여성들을 더욱 위기로 몰아넣을 수 있다는 얘기였다. 이런 분위기에 대해 물었을 때 김기덕의 반응은 차분했다.

"여성비평가들에게는 강간 영화라고 규정되었고, 아직까지 제 영화를 여성비하 영화로 생각하는 사람은 있습니다."

붉은 깃발을 향해 질주하는 투우 같은 반응은 아니다. 그는 이 문제를 생각한 끝에, 여성들과 그들의 어려움을 계층과 계급에 따라 세분화한다.

"페미니스트는 한사람의 여자부터 여성운동가, 여자 대학 등 다양한 종류가 있다고 생각합니다. 단체의 경우, 어떤 영화가 그들의 깃발이 되기도 하고 제 영화의 경우 그들의 정치적 목적이 되기도 합니다. 제영화의 한 장면만 그들의 이데올로기에 필요한 경우도 있지만 영화 전체를 보면 오히려 제가 페미니스트라고 볼 수도 있다고 생각합니다. 그러므로 다양한 해석이 있다고 생각합니다. 제 영화를 여성비하의 모델로 삼든 무기로 삼든, 다 그들 각자의 문제라고 생각합니다. 그들이 불쾌하다면 그건 페미니즘의 운동만 생각하고 인생전체를 잘 알지 못하기 때문입니다. 저는 여자에 대한 영화를 만들기보다, 사람에 대한 영

화를 만든다고 생각합니다."

"페미니즘"은 동전의 양면 같은 개념이다. 더욱이 두 진영의 대립 또한 만만치가 않다. 급진주의자들이 여성의 권리를 깃발로 만들어 휘저을 때, 그들이 생각하는 건 단 하나의 성, 요컨대 그들의 성뿐이다. 남자들이 "여자에 대해 아는 것처럼" 말하면 격한 감정으로 공격하는 것도 그 때문이다. 하지만 전체로서의 인생은, 같은 성의 사람들만이 아니라 이성이 함께 어울려 만들어내는 매우 복잡한 상호작용이다. 김기덕의 영화에 그런 상호작용이 실제처럼 복잡하게 제시되고 있음은 의심의 여지가 없다. 그 자신도 페미니스트로 볼 수 있다는 그의 말은, 그가 그러한 다양성은 물론 가부장적인 우리 사회가 여성들한테 낙인찍은 문화적 특성들과, 그 특성들의 이면을 관통하는 다양성과 정서를 깊이 이해하고 있다는 사실로도 충분히 증명된다.

공격적 페미니스트들이 놓치고 있을 법한 또 다른 요소는, 때로는 결함이 많은 남자에게 사랑이 찾아간다는 사실이다. "심장은 이성(reason)도 모르는 이유(reasons)를 갖고 있다"는 파스칼의 경구는 단순한 말장난이 아니다. 김기덕이 영화라는 매체를 통해 이리저리 돌려보는 수수께끼로서의 사랑은, 대개의 경우 가장 비현실적인 상황에서 튀어나온다. 그는 상황에 대한 일언반구의 설명 없이 그저 사랑의 여타 조건을 지배하는 사건을 나열할 뿐이다.

평론가와 관객들을 위해 다음과 같이 결론을 내릴 수는 있겠다. 충동과 행동에

보다 적극적인 남자들은 의심을 품지 않는 반면, 보다 사색적인 특성을 지닌 성으로서의 여성들은, 자신들의 본성이 그런 식으로 자기 통제의 껍데기를 겹겹이 두른 채 노출되는 사실을 받아들일 수 없었을 것이라고 말이다.

어쨌든 김기덕은 악의적인 공격에 꿈쩍도 하지 않는다. 예외는 있겠지만, 사실 외국에서보다 오히려 한국에서 그에 대한 푸대접이 심하다. 여성비평가들은 그를 끌어내리기 위해 수단방법을 가리지 않고, 남자 평론가들은 아예 무시해버린다. 그는 오직 "자신이 보고 느낀 것을 바탕으로" 영화를 만든다고 차분하게 대답한다. 김기덕은 다른 사람들이 쓴 소설도 에세이도 읽지 않는 사람이다. 먼저 두 번째 얘기부터 해보자. 솔직히 말해서 창작행위를 하는 작가가 동료작가들의 작품에 아무 흥미를 보이지 않는다는 건 기이한 일이 아닐 수 없다. 최소한 누가 자신과 비슷한 생각을 하고 있는지 정도의 호기심은 있을 법 한데, 이 감독의 마음은 자신의 문제들만으로도 복잡한 탓에, 동료들을 향한 전문적인 접근조차 고려해볼 여유가 없는 듯하다.

"인생을 살면서 내가 느낀 모순에 대해 늘 질문을 했습니다. 왜? 그러한 질문이 제 영화이고 그것을 해외 비평가들이 관심을 가졌다면 그들도 나와 같은 질문을 하며 삶을 살아가고 있기 때문이라고 생각합니다."

이는 부분적으로나마 그가 다른 사람들의 작품에 무관심한 이유를 설명해준다. 이 문맥에서 모순의 개념은 어떻게도 해석이 가능하겠다. 하지만 그의 영화들을 본 나로서는 그 단어가 천성과 후천적 교육, 원시존재로서의 인간의 본성과 사회관습에 의해 강요된 제약들, 또는 무차별적인 부의 향유와 역시 똑같이 무차별적인 고통 사이의 괴리를 언급하고 있다고 믿고 싶다.

물론 그 질문들에 대해서 그가 외부로부터의 답을 기대하는 건 아니다. 내 생각에 그의 핵심은 올바른 질문을 던지는 데 있다. 그에게 의미가 있으며, 그 대답 또한(대답이 있다면) 질문들의 의미 자체에서 도출해내는 것이 가능한 그런 질문들 말이다. 같은 질문을 품고 살아가는 타인들과 비교해, 그가 자기본위적이고 자기중심적인 사람이라고 단정할 수도 있겠으나, 좀 더 자세히 들여다보면 김기덕이란 인물이, 보편적이고 근본적인 추구 내에서 인류애와 이어져 있음을 알게 될 것이다.

"영화에 대해서 많은 질문을 받는 게 좋은 것은 아니라고 생각합니다. 그냥 느끼고 이해하고 공감한다면 굳이 설명할 필요가 없습니다."

실제로 그의 영화들은 인간의 본성에 대한 매우 불편한 질문들을 던지고 있다. 생사의 주기, 인간과 테크놀로지/과학/진보 등의 관계에 내재된 모순들. 그는 그런 류의 질문 제시가 가능한 기존의 예술 형식을 거부하고, 굳건히 아무도 가지 않은 길을 고수한다.

"표현은 이미 정해진 도덕과 윤리를 넘어서는 새로운 경지로 간다고 생각합니다. 세상은 빨간불과 파란불로 우리를 통제하지만 표현은 무수한 색깔을 가지고 있다고 생각합니다."

김기덕은 그 음영들을 최대한 활용하지만 무리를 이끌지도, 그렇다고 변화의 예지자로 나서지도 않는다.

"저는 영화로 철학자나 권력자가 되고 싶지 않습니다. 우리가 살고 있는 세상에 대해 슬퍼하고 분노하며 이해하고 노력하고, 그러면서 결국 초월하고 싶습니다. 그래서 영화를 만들고, 영화를 만드는 시간동안 너무나 고통스럽고 슬프며 행복합니다."

나는 그의 영화를 보며 구도의 미에 흠뻑 취했다. 그 중 〈봄 여름 가을 겨울 그리고 봄〉 같은 영화는 믿을 수 없을 정도로 깔끔한 배열을 드러낸다. 대화에 크게 의존하지 않는 특징과 더불어, 과거 화가로서의 경험이 현재의 미학에 영향을 미쳤는지 물었다.

"영화는 한때 조금했던 미술, 음악 또는 그 외 잠시 몸담았던 기술적인 환경보다는 의식이라고 생각합니다. 그림을 그렸고 사진을 찍었기에 도움이 된 부분도 당연히 있겠지만, 저는 제가 살았던 공간, 만났던 사람들이 가장 큰 영화의 영향을 주었다고 생각합니다. 저는 의도적으로 대사를 줄이려고 하지는 않습니다. 다만, 침묵도 대사라고 생각합니다. 침묵은 가장 다양한 의미의 대사입니다. 그리고 다음으로 웃음과 울음도 아주 훌륭한 대사라고 생각합니다."

자아와 타인에 대한 의식은 호흡만큼 자연스럽게 받아들여야겠지만, 사실 그게 쉬운 일은 아니다. 어떤 사람들은 의식의 의미를 알기 위해서 수업이나 세미나에 참여한다. 또 사물이나 사람에 시선을 고정시키고 단어와 소리에 귀를 기울이는 것만으로 충분하다고 믿는 사람들도 있다. 이런 단순화에서 간과되는 건 내적, 외적 관찰과 청취가 의미를 획득하기 위해서는 반드시 과정이 필요하다는 사실이다.

김기덕은 그림, 음악, 공장생활이 도움이 되긴 했으나 영화를 만드는 데 본질적인 도움을 주는 요소들은 아니었다고 말한다. 하지만 이 세 가지 활동은 모두, 배경, 세부사항, 그리고 자신의 동작과 감각에 대한 지속적인 관찰을 요구한다. 일반 사람들은 이해하기 어려울 정도로 추상적인 그림이라도 눈에 보이지 않는 마음이란 공간을 통한 표현의 내적 배치를 전제로 해야 가능하며, 또한 이러한 가상의 "대상"들을 취급하는 과정에 요구되는 단계들을 간과하지 않고 작품이 끝날 때까지 지속적으로 유지하는 건 의식의 실질적인 개입 없이는 불가능하다. 다시 말해서, 의식이란 일종의 공정과정인 셈이다. 이는 노동에 대해서도 적용이 가능하다. 행동을 하는 동안 의식에게 잠깐 동안의 휴식을 허락해보라. 그럼 한 손가락을 잃거나 그 이상의 피해를 입게 될 것이다. 의식이 우리에게 들려주려는 자세한 설명에 귀를 기울이다보면, 그 과정에 관심이 개입하지 않는 한 피로감이 생길 수 있다. 물론 우리는 시간이 지나면 관심 또한 시든다는 사실도 알고 있다. 우리의 육체, 그리고 타인과의 의사소통에 있어서 치명적인 피해를 막기 위해, 우리에게는 다행히 "유동적 주의력"이라는 선물이 있다.

요컨대 중요하지 않은 상황에서는 관심 수준이 줄어들었다가 필요할 때마다 곧바로 재부상하는 과정이다.

대화, 말, 침묵, 또는 생각과 느낌을 전하는 다른 매체들에 대한 김기덕의 언급은 언어에 관한 보다 거창한 논문에 적합할 것 같다. 물론 문법학자나 언어학자, 기호학자와 같은 전문가들이 마음을 활짝 열 때에나 가능한 이야기이지만 말이다.

무성영화는 자기설명적이다. 그리고 유성영화가 무성영화를 일소시켜버렸을 때 우리는 얻은 것도 있지만 그만큼 잃은 것도 있었다. 그로 인해 인간의 목소리와 억양은 물론, 신음, 한숨, 흐느낌, 웃음 등이 우리 정서의 최고 자리를 차지하게 되었으나, 기계적인 소통 이론에서는 화자와 청자가 공유하는 기호(발화, 또는 기술로서의 언어)의 활용이 요구된다. 이럴 경우 메시지는 전자에 의해 기호화되고 후자가 해독하는 식으로 전달되는 것이다. 하지만 이런 식으로 표현될 경우, 단어로서 의식되지 못한 소리는 무의미한 것으로 치부되고, 침묵이란 청자가 적합하다고 선택한 의미를 제멋대로 던져 넣을 수 있는 구렁텅이로 전환될 수밖에 없다. 물론 이는 기호에 대한 조야하고 지나치게 단순화된 묘사에 불과하나, 여기서 내가 강조하고 있는 부분은 "말이 없으면 소통도 없다"는 사실이다. 어쨌든 담화 분석은 이미 그 분야에서 상당한 발전을 이루어왔다. 그리고 보디랭귀지, 침묵의 눈물 같은 다른 전달수단 또한 인간의 의사소통을 위한 무한한 가능성을 열어두고 있다.

언어의 뉘앙스를 중시한다고 할 때, 김기덕은 사실 매우 민감한 사안을 건드리고 있는 셈이다. 언어는 사전적 의미(공인된 기호체계 내에서, 언어의 사실적 측면 내에서만 발견되는 언어로서, 그 의미가 기호를 공유하는 모든 사람에게 동일하게 전달되는 언어)와 연상적 의미, 다시 말해서 환유와 상징에 내재된 확장된 의미를 갖는다. 이따금 콘텍스트(사회, 역사적 문맥)와 코텍스트(본문 상의 문맥)가 정확한 관계를 파악하는 데 도움이 되기는 하지만 그렇다고 반드시 도움이 된다는 보장이 있는 것도 아니다. 이러한 견해에서, 장면 요소들의 결합이 관객들을 원하는 방향으로 이끌 수만 있다면, 말을 아낄수록 좋을 것이다. 복합적인 의미와 연상적 의미 때문에라도 말은 오해와 혼란을 야기하기 때문이다.

다른 한 편, 침묵도 언어라는 개념은 보수적인 언어학자들을 펄쩍 뛰게 만들지는 몰라도 어쨌든 진실 중의 진실이라 할 수 있다. 침묵은 빈칸이 아니다. 오히려 그건 화자에게 허용된 의미 모두를 함축한 백과사전에 가깝다. 의미를 선택하는 건 온전히 대화를 하고 있는 상대방의 몫이 되며, 두 사람이 동일한 주파수를 공유할 경우에만 소통이 가능해진다고 말할 수 있다. 아니, 더 나아가 (특히 성 문제가 걸려 있을 경우) 소통은 처음부터 불가능할 수도 있겠다. 그 말에도 일리는 있다. 하지만 김기덕의 영화에서, 언어는 오해 또는 소통의 부재를 촉진하는 경향이 있다. 특히 〈시간〉의 일부 장면들이 대표적이다. 영화 속에서 침대에 누운 두 연인의 대화는 비극으로 끝나는데, 그들이 마침내 (언어의 한계 밖에서) 소통을 이루게 된 건 바로 길고도 고통스러운 침묵이 이어지고 난 후였다. 이 마지막 문장은, 문장을 구성하고 있는 언어 자체로 읽는다 해도 '소통'의 의미를 무한히 넓혀놓고 있다. 하지만 그럼에도 불구하고 철저히 진리에 가깝다.

모순의 문제는 김기덕 작품의 대표적인 주제이다. 언젠가 그는 자신이 "처음부터 살고 있는 세계에 대한 모순을 영화로 만들고 그 모순을 넘어서는 경지로 가고 싶다"고 말하기도 했다.

"그 경지가 누구를 죽여야 한다면 죽였고 용서를 해야 한다면 하는 것입니다."

사실 그의 몇몇 작품 속에 묘사된 폭력은 받아들이기 힘들 정도이다. 아무리 플롯의 발전을 위해 필요하다는 데 동의한다 해도 어느 순간 움찔하게 되니 말이다. 〈나쁜 남자〉에는 대부분의 관객들이 경험하지 못한 세상에서나 정상적인 생활 방식으로 통하는, 그런 극단적인 물리적, 정신적 폭력이 등장한다. 자신의 영화가 테이블에서 토론할 거리가 아니라, "직접 보고 느껴야 하는 대상"이라고 선언했음에도 불구하고, 김기덕은 평론가 폴커 홈메르와 〈나쁜 남자〉에 대해 논쟁을 벌인 적이 있다. 그 얘기를 하기 전에 우선 '정상(正常)'이라는 개념이 어떤 가치판단도 수반하고 있지 않음을 분명히 하기로 하자. 정상이란 단순히 이 특별한 세계를 지배하는 규범에 불과하다.

김기덕은 영화제작이 삶을 이해하려는 시도란 사실을 이미 여러 차례 언급한 바 있다. 여기서 "삶"이란 단어 역시 대단한 의미를 지니고 있는 게 아니다. 삶을 이해하는 건 철학의 존재이유이지만 그는 철학자가 될 생각이 없음을 분명히 했다. 따라서 이곳에서는 개인적인 삶과 그 신비 정도로 이해하는 게 좋을 것이다. "그들도 나와 같은 질문을 갖고 그들의 삶을 살아간다."는 문장 속에서 획일화된 익명의 "그들"과 김기덕 감독의 차이점이 드러난다. "그들"은 사고가 마비되어 있거나, 기껏해야 예술과 과학을 통해 대답을 제시하려는 경향을 지닌 사람들을 지칭한다. 반면에 김기덕은 자신의 질문들을 영화로 바꿔놓는다. 어쩌면 그도 시나리오, 촬영, 편집이 모두 끝난 후에야 겨우 해답을 얻는지 모르겠다. 어차피 그건 그의 개인적 해답이고, 그걸 관중과 공유할 필요는 없다. 관객들도 나름대로의 결론을 도출해내거나 아니면 무지한 상태로 남아 있으면 그만이다.

〈나쁜 남자〉는 도덕적 관념이라곤 전혀 없이 그저 창녀들을 상대로 돈을 버는 한 악당에 관한 삭막한 이야기다. 정신분석학적 용어로, 그의 초자아가 정지 상태라고 말할 수 있을 것이다. 초자아는 일반적으로 "양심"의 개념, 즉 우리로 하여금 옳고 그름을 구분하게 해주는 내면의 목소리와 비슷하다고 보면 된다. 한기(악당)는 자신의 환상에 집착하나, 영화에서 그의 욕망의 대상은 "재물"이 아니라 "한 여자"로 나타난다. 주변부 인생에 대해서는 아무 것도 모르는 교양 있는 소녀. 흥미로운 사실은 그가 대상을 쾌락의 대상으로 독점하는 대신 몸을 팔도록 내보낸다는 점이다. 그리고 그는 더러운 창문을 통해 그녀를 훔쳐보는 데서 위안을 찾는다. 얘기는 이 정도로 충분하겠다. 관심이 있다면 직접 영화를 보기 바란다.

아무튼 홈메르와의 인터뷰에서 김기덕은 자신의 영화를 명료하게 만드는 질문 하나를 던진다. 우리 모두가 평등하게 태어났다면 왜 사회는 상호소통이 불가능한 계급들로 우리를 나누는 걸까? 그리고 이를 개선할 가능성은 있는가?

그는 더 나아가 자신의 언어이론에 요소 하나를 덧붙인다. 무기력에 직면하거나 아니면 언어적/물리적 학대를 막지 못했을 때 폭력은 자연스럽게 언어의 대안으로 부상한다는 얘기다. 언어를 통해 배신을 당한(예를 들어, 거짓에 속은) 사람은 언어를 무용하고 저급한 도구로 치부하고, 대신 무지하고 강압적인 행동을 통해 감정을 표현한다.

김기덕의 다른 영화와 마찬가지로 〈나쁜 남자〉는 기본적인 스토리라인과 미학적 처리가 적절한 조화를 이룬다. 특정한 장면들에선 늘 예외가 개입되며, 또 어둠과 어스름이 화면을 지배한다(물론 이유는 있다). 유리, 거울 등을 이용한 영상게임도 인상적이다. 에곤 쉴레의 그림들도 우중충한 창녀촌의 이미지를 고착화한다. 영화엔 휴식이 없다.

감독을 괴롭히던 동일한 질문을 관객들도 스스로에게 던질 수 있을 것이다. 비아시아적인 환경이라면 그렇게 말할 수도 있을 것이다. 그리고 예외야 있겠으나 아시아는 풍부한 다양성을 제공하기 때문에 질문들도 서로 다를 수밖에 없다. 서구사회에서라면 계급 이동은 더 이상 관심거리가 아니다. 인도의 카스트에 버금갈 정도로 엄격한 계급체계도 없다. 하지만 분명한 건 가난한 가정에 태어난 사람들은 결국 감옥이나 시체실에서 인생의 종말을 맞이하는 식의 악순

환의 저주에 시달리는 것 같다는 사실이다. 교육 혜택의 부재야 말로 미래의 삶을 위한 다른 상승요인들을 결정짓기 때문이다.

어느 경우이든 질문은 있을 수밖에 없다. 하지만 그보다 중요한 건 등장인물들의 영혼과 그들의 개인적인 관계들이 관객들로 하여금 자신의 마음속에서 조작된 판타지를 보고 있는지, 아니면 리얼리티의 낯설고 병적인 측면을 보는 건지에 대해 생각하게 만든다는 사실이다. 질문의 본성이 어떻든 간에 그는 이 영화가 사람들을 크게 뒤흔들어놓았으며, 따라서 영화가 끝날 무렵엔 위아래가 전복된 세계를 되돌려놓기 위해 관객들이 무진 애를 써야 했다는 사실을 전해 듣는 것만으로 크게 기뻐했을 것이다.

KIM KI-DUK
ON MOVIES,
THE VISUAL
LANGUAGE

나쁜감독 김기덕
바이오그래피
1996 - 2009

비화

소니 픽처스가 배급한 〈빈집〉(2004)의 DVD 특별판에서 김기덕은 이 특별한 영화를 만들게 된 과정에 대해 말하고 있다. 그의 이야기는 어쩌면 감독 김기덕의 필모그래피 전반에 적용해도 무방할 듯하다.

김기덕의 목소리는 유쾌하고 기운차며 균형감각과 확신에 차있다. 그는 제작과 관련된 다양한 "에피소드"에 대해 한국어로 설명하는데, 마치 스크린으로부터 직접 목소리를 듣고 그대로 이해하는 착각에 빠지는 것 같다. 한국어를 모르는 나로서는 자막을 읽는데 불과했는데도 말이다.

처음부터 그는 우리를 충격으로 몰아넣는다. 김기덕은 언젠가 (이와는 다른 문맥에서) 꿈에 대해 강조한 바 있다. 영화감독으로서의 자신의 꿈과 등장인물들 개개인의 좌절된 꿈들. 그리고 이제 그가 돈 얘기를 한다. 그리고 돈에 대한 그의 해결방법은 낭만과는 거리가 멀다.

비난하자는 게 아니다. 가장 조잡한 테마조차 예술작품으로 승화시킬 수 있는 감수성을 지닌 사람이, 저렇듯 차갑고 실용적이 될 수도 있단 사실이 인상적이고 감탄스러웠을 뿐이다.

그는 영화 장면들을 보여주면서 한국의 저예산 영화가 300만~500만 달러 정도 비용이 든다고 얘기한다. 든든한 후원이 없다면 생각도 못해볼 수치다. 이 영화는 일본 회사가 자금의 절반을 지원했고 배우와 감독을 포함한 전 스텝이 보수를 포기하기로 동의했다. 영화가 선전해 파트너들에게 배당금을 나눠줄 수 있기를 바라는 게 고작이었다.

김기덕은 유명한 배우를 캐스팅할 수 없다고 솔직하게 말한다. 그들이 그런 식의 거래에 동의할 리도 없지만, 흥행 성적이 초라한 영화에 출연하는 걸 유명배우들이 꺼려하기 때문이다. 믿거나 말거나, 그의 영화는 유럽과 미국에서는 대형 블록버스터지만 한국에서는 규모가 작은 추종자들만 찾는 것으로 잘 알려져 있다. 이는 배우의 선택에 대한 대답과도 부분적으로 맞아 떨어진다.

"저는 제 영화에 꼭 맞는 배우가 있다고 생각하지 않습니다. 누구든 제 시나리오를 이해하고 시간이 맞는다면 가능합니다. 유명한 배우가 출연해서 영화가 잘되는 것보다 그 배우가 누군인지 모르고 영화를 다큐멘터리처럼 보는 게 저는 더 중요합니다. 저는 배우를 먼저 생각하기보다 늘 시나리오에 집중해 있습니다. 감독이 화가라면 시나리오는 붓이고, 배우는 물감이라고 생각합니다. 그렇다고 화가의 역할이 크고 물감이 작다는 뜻은 물론 아닙니다."

영화제작에 걸리는 시간은 예산 활용에 절대적인 역할을 한다. 김기덕은 11일에서 14일이라는 기록적인 시간 안에 한 편의 영화를 완성한다. 〈봄 여름 가을 겨울, 그리고 봄〉이 좀 더 걸렸다고 하는데 그래 봐야 고작 20일이다. 확보한 자금의 운용에 있어서만큼은 실로 교활할 정도로 꼼꼼하다. 그는 재촬영을 하지 않는 것으로도 유명하다. 첫 번째 촬영에서 사소한 잘못이 있을 경우, 다음 장면에서 약간의 수정을 가한다. 물론 아무도 눈치 채지 못하고 전체적인 스토리라인과도 자연스럽게 들어맞는다. 또 그는 시간 순으로 촬영을 하며 플롯을 처음부터 끝까지 전개해나가는 것으로 유명하다. 그로 인해 같은 장소를 여러 번 방문해야 하는 경우도 적지 않다. 스크린의 순서와 상관없이 같은 장소에서 일어나는 장면들은 보통 한꺼번에 촬영하는 다른 감독들과 구분되는 대목이다. 〈빈집〉에서는 김기덕 감독 자신이 타고 다니는 BMW 오토바이가 소품으로 활용되었다. 심지어 몇몇 위험한 장면에서는 주인공을 대신해서 김기덕 감독이 직접 타기도 했는데, 덕분에 관객들은 주인공의 등을 보지만 실제로 주인공 배우는 카메라에서 멀찌감치 떨어진 곳에서 그 장면을 지켜보고 있을 뿐이었다. 영화에서 돈을 절약한 또 다른 속임수는, 교묘한 방법으로 골프장을 빌리지 않고 촬영을 마쳤다는 사실이다. 그는 전에도 골프공에 구멍을 뚫고 그 안에 긴 줄을 밀어 넣은 다음 나머지 끝을 나무에 묶는 식으로 골프 연습을 하곤 했는데, 영화 속 남자주인공이 한 것도 마찬가지였다. 김기덕은 골프를 "조금" 친다고 한다. 그는 골프가 부르주아들의 놀음이 아니라고 말한다. 그의 지론에 의하면, 오히려 골프는 매혹적인 동시에 복잡하기 그지없는 운동이다. 왜냐하면 공을 칠 때마다 새로운 전략을 고려해야 하기 때문이다. 그는 마음을 비우고 매 동작을 숙고한다. 그리고 그건 철학적 명상을 준비할 때와 같은 마음가짐이다.

또 하나 놀라운 일은, 그가 거의 경험이 없는 카메라맨과 함께 일하는 걸 좋아한다는 사실이다. 그의 얘기를 들어보면 충분히 일리가 있다. 노련한 전문가들은 자신의 앵글과 배치를 고집하려고 든다. 하지만 상대적으로 인지도가 낮은 카메라맨은 감독의 지시를 이행하고, 그럼 화면은 온전히 김기덕 자신의 것으로 남기 때문이다. 편집 작업 역시 그는 완전히 혼자 해결하는 타입이다.

"그의 영화에 적합한 배우"가 따로 있지 않다는 말은, 사실과는 조금 차이가 있다. 그는 이따금 촬영에 들어가기 직전 충동적으로 대본을 바꾼다. 그러면 배우들은 지금껏 암기한 대사, 연습해온 동작과 표정을 포기하고 그 즉시 새로운 개념에 적응해야 한다. 그가 "시간이 돈이다"라는 금언을 엄격히 지킨다고 영화의 질이 떨어지는 경우는 없다.

KIM KI-DUK
ON MOVIES,
THE VISUAL
LANGUAGE

나쁜감독 김기덕
바이오그래피
1996-2009

존재의 이유

김기덕의 영화 중(그가 12년 동안 직접 감독한 영화는 15편이다) 두 편이 특히 인간존재의 "이유"를 탐구하고 있다. 〈빈집〉 그리고 〈봄 여름 가을 겨울 그리고 봄〉이다. 그중 〈빈집〉을 통해서 그의 영화제작에 대한 비화를 들어보았으므로, 이제 이야기와 존재의 이유에 대한 감독의 생각 안으로 들어가 보기로 하자.

다른 작가들과 마찬가지로, 김기덕 감독의 상상력을 자극하는 것도 사소하고 사적인 경험들이다. 〈나쁜 남자〉를 구상할 때는 홍등가 지역에서의 불편한 삶이 바탕이 되어주었다. 〈빈집〉의 경우는 조금 달랐다. 언젠가 집에 돌아와 보니 누군가 열쇠구멍을 전단지로 막아 놓았는데, 그는 여기에서 착안해서 〈빈집〉을 구상했다고 말한다. 주인이 집안에 있는지 아니면 출장 중인지 알아내는 도둑들의 수법이 될 수도 있겠다는 생각을 했던 것이다. 다음 날 찾아와 전단지가 그대로 있으면 느긋하게 침입하면 그만 아닌가.

영화 속 이야기는 최초의 가설에서 멀리 떨어져 있다. 전단지를 이용한 속임수를 영화 전반부에 대한 아이디어로 삼기는 했지만, 김기덕은 영화의 매개변수 안에 삶에는 진실하지만 실제로는 있을 법하지 않은 한 인물을 창조해 넣었다(이는 후에 인용될 그루초의 리뷰에서 다시 설명할 것이다).

한 젊은 대학졸업생이 일종의 게임을 한다. 하지만 물건을 훔치기 위해서는 아니다. 그는 빈집을 임시 주거지로 삼아, 그 집에서 목욕을 하고 냉장고에서 음식을 꺼내 먹는다. 닥치는 대로 음악을 골라 듣기도 하고 아무렇게나 잠을 자기도 한다. 그는 주인/임차인의 환대에 대한 대가로 고장 난 물건들을 몰래 수리

해준다. 그런데 어느 집에 들어서자 학대 받은 아내가 슬픔을 달래고 있다. 그녀는 문도, 열쇠구멍도, 그리고 소음도 전혀 의식하지 못한다. 마침내 그를 알아보았을 때 둘 사이엔 묘한 안도감과 친밀감이 오고간다. 청년은 남편이 진입로에 들어오는 것을 보고 집을 떠나지만 여자한테 어떤 일이 일어나는지 지켜봐야겠다는 생각을 한다. 결국 여자 얼굴의 타박상을 본 후가 아니던가. 마침내 그는 남편과 맞서기 위해 오토바이를 다시 돌리고, 그때부터 영화는 다양한 마술의 영역으로 발전한다.

위에 언급한 인터뷰에서 김기덕은 이 영화 역시 스스로 자문해온 의문들을 던지고 있다고 말한다. 삶이란 무엇인가? 왜 우리는 세상에 있으며, 존재의 목적은 또 무엇이란 말인가? 그는 이 영화를 통해 보다 구체적으로 이야기를 좁혀간다. 소위 "보이지 않음의 실험"과 "공존의 결심"이 바로 그것이다.

"내가 보여? 이제 안 보여?"의 개념은 청년이 빈집에 존재했다는 사실로 충분히 추론될 수 있다. 주인이 떠나 있을 때 주인은 물론 그를 볼 수 없다. 그런데 누군가 자신들의 물건을 건드리고 음식을 먹고, 더욱이 고장 난 장치들을 완벽하게 고쳐놓았다는 사실조차도 그들은 의식하지 못하는 것처럼 보인다. 후에, 아주 오랜 후에 스토리라인이 마술의 영역으로 접어들면서 그들은 뭔가 불가해한 존재를 "느낀다"고 말한다. 청년이 다시 돌아왔는지, 아니면 그의 기운이 뒤에 남아 마침내 미혹에서 벗어난 주인들에게 감지되었는지를 설명해주는 사람은 아무도 없다. 그 부분을 결정하는 건 물론 또 다시 관객의 몫이다.

그렇다고 감옥 장면들로부터 "보이지 않음의 실험"을 추론할 필요는 없다. (그렇다. 기대했던 대로 주인공은 얼마간 교도소 생활을 했다.) 그는 모든 가능한 방법으로 투명인간의 실험을 지속했으며, 시행착오를 거듭한 끝에 마침내 사람들의 시선으로부터 완전히 벗어나는 데 성공한다. 투시화법, 그리고 인간의 시야가 닿는 180도에 대한 개념이 화가에게 없을 리 없다(한 번 화가는 영원한 화가이다). 투명 시점은 타인이 아니라 바로 우리 자신에 관한 문제가 된다. 이 질문이 김기덕을 괴롭혔는지는 나도 알지 못한다. 이 영화에서 드러난 반영이미지들은 그 질문이 어느 쪽으로도 해석될 수 있음을 보여주기 때문이다. 우리는 실제로 우리 자신을 보지 못한다. 거울이나 거울을 대용할 수 있는 물건들이 우리에게 돌려주는 것도 기껏해야 전도된 이미지, 즉 전도된 자아가 아니던가.

공존의 주제는 더욱 더 난해하다. 인터뷰에서 김기덕은 처음으로 청년과 남편을 실제의 인간으로 지칭한다. 그는 그들이 공존의 개념을 터득할 기회를 주기 위해 오픈엔딩을 마련했다고 하지만, 그 설명 또한 호두처럼 단단하고 난감하기는 마찬가지다.

"서로는 서로의 상상과 공상이 빚어낸 허구입니다……. 남편한테 그 둘은 실제로 그의 상상, 그의 판타지가 만들어낸 가공인물일 수 있습니다."

이쯤 되면 영화 속 등장인물들이 허구인지, 실제로 영화 속에 등장하는 인물인지를 결정하는 것도 관객들의 몫으로 남겨진다. 영화는 빠른 속도로 돌아가므로, 배우들의 연기에 집중할 시간도, 이야기에 포함되어 있을지도 모를 형이상학적 메시지를 곰씹어볼 여유도 없다. 그러기 위해서는 나중에 마음속으로 영화를 다시 돌려보는 수밖에 없다. 그럼 관객들은 또 다른 결말에 도달할지도 모른다. 두 남자 주인공이 전체의 일부분이며, 한쪽이 다른 쪽의 판타지이자, 동일 주체의 이상/바람직한 측면/두려운 측면이라면, 공존은 결국 지상과제일 수밖에 없다는 것이다. 또 다른 자아와의 공존에 대한 의식적/무의식적 거부는 주인공을 편집증으로 내던지고 말 것이기 때문이다.

인터뷰 말미에서, 영화에 나타난 양극의 긴장을 설명하던 김기덕은 오래 전 의미론을 연구하는 학자들을 열띤 논쟁으로 몰아넣었던 것과 같은 문제 하나를 지적한다. 위대한 사상가들의 생각은 기본적으로 일치한다. 다만 "영원한 화가" 김기덕은 그의 논쟁을 색으로 제시한다는 점만 다를 뿐이다.

"제 생각에 불과할지 모르지만, 검은색과 흰색은 실제로 하나라고 생각합니다. 그러니까 검은색을 설명하려면 반드시 흰색을 지적해야 하고 반대로 검은 부분을 지적하는 식으로 흰 부분을 설명해야합니다."

〈봄 여름 가을 그리고 봄〉은 인간 존재의 신비와 관련해 김기덕이 언급한 두 번째 영화이다. 많은 비평가들이 이 영화를 "불교우화"로 부르지만 내 개인적인 생각으로는 그 "우화"라는 개념이 도무지 와 닿지 않는다. 영화가 인간의 시대에 대해 조심스러운 경고를 하고 있음에도 불구하고, 우화 장르에서 요구되는 말하는 동물이 등장하지 않아서였는지도 모르겠다. 스님이 생생한 교육을 위해 동물들을 예로 드는 건 사실이다. 수도승들의 마음에는 단어나 개념보다 객관적 사물이 보다 강력하고 지속적인 효과를 발휘하기 때문일 것이다. 나에게 이 영화를 개념적으로 설명하라면 난 차라리 이 영화가 "알레고리"라고 부르고 싶다.

제목에 걸맞게 사계절로 분류된 이 영화는 어린이, 소년, 청장년, 노년의 모습을 각 성장단계에 수반되는 (긍정적인 동시에 부정적인) 효과와 더불어 보여주고 있다. 도덕적 주제는 대립쌍으로 제시된다. 기쁨과 슬픔, 죄와 속죄, 맹목과 각성, 그리고 죽음과 재탄생. 어쩌면 "반대"가 아니라 "대립"이라는 형용사를 선택한 이유도 각 쌍의 구성요소들이 실제로 서로 반대편에 위치해 있는 것이 아니라 상대적인 연속선상의 한 점을 지시하기 때문일 것이다.
몇몇 불교 종파에서는 대립쌍의 각 구성요소를 이전 상태의 필연적인 결과로 설명하기도 한다. 더욱이 이런 식의 풀이는 검은색을 에둘러 흰색을 설명하는 김기덕의 사상과도 일치한다. 요컨대 그 중 하나가 없다면 각 쌍의 요소들을 구분하는 것도 불가능해지기 때문이다.

이야기는 한 스님의 손에서 자란 한 고아(?)를 중심으로 이루어진다. 둘은 물로 둘러싸인(역시 메타포로 이해하자. 물은 모든 신화와 종교에서 삶/죽음의 근원이다.) 고립된 공간에 살고 있는데 어느 날 섬뜩한 우화적 형상이 그려진 거대한 두 개의 문과 맞닥뜨린다. 스님은 동자승에게 부처님의 수많은 가르침 중 최소한 다섯 개는 지키도록 엄격하게 가르치기는 했으나, 그렇다고 그의 제자가 세상을 포기할 힘을 얻으리라는 생각은 하지 않는다. 가톨릭 집안에서 태어난 김기덕이 영화에 대입한 것으로 보이는 부처의 가르침은 다음과 같다.

우리가 아는 삶은 궁극적으로 번민의 길이다.
번민은 온갖 종류의 갈망과 세속적 쾌락에 대한 집착에서 비롯된다.
이는 종종 일종의 존재의식, 자아, 또는 (행복과 불행의 근원으로서의) 사물에 대한 미혹과 집착으로 표현된다.
욕망에서 자유로워지듯, 갈망이 소멸될 때 번민도 끝난다.
이는 모든 미혹을 제거함으로써 가능하며, 비로소 중생은 해탈의 경지에 이를 수 있다.
해탈의 경지에 이르려면 부처님께서 닦아놓은 길을 따라야 한다.

평범한 암자, 그리고 노승과 동자승이 사는 작은 별관을 불상이 굽어보고 있다. 두 사람은 정기적으로 그 불상 앞에서 예를 올리고 헌주를 한다. 그러던 어느 날, 아이 특유의 건강한 호기심이 간신히 고갈될 때쯤, 소녀의 모습으로 위장한 욕망, 갈망, 그리고 번민이 나타난다. 기이한 영혼의 병으로 고통 받는 소녀인데, 치유를 위해 승려에게 맡겨진 것이다.

창백하고 해쓱한 소녀가 등장했을 때 아시아의 관객들이 어떤 생각을 했는지는 알 도리가 없다. 나는 부에노스아이레스 대학의 시립문화 센터에서 이 영화를 보았는데, 그 순간 강당 안의 모든 사람들이 웃음을 터뜨렸다. 나는 우리의 생각이 어떤 식으로든 맞닿아 있다고 생각한다. 한 동안 그녀가 영혼의 병으로 고통 받고 있다고 믿는 사람은 아무도 없었다. 오히려 우린 그녀가 매우 물리적인 대상을 갈망한다고 여겼다. 그러니까 한 번도 경험하지 못한 것에 대한 향수병 같은 것이다. 아무튼 소녀는 어린 동자승한테 순결을 빼앗긴 후에 병을 치료하고 암자를 떠난다. 동자승은 후에 소녀를 쫓아 악의 도시로 떠난다. 이제 여러분들은 위에 언급한 대립쌍들로부터 나머지 얘기를 상상할 수 있을 것이다. 더 좋은 선택은 영화를 보는 것이다. 아름다운 화면과 스크린에 펼쳐진 계절의 변화는 그 어느 것으로도 대체할 수 없기 때문이다.

노승의 태도는 우리에게 다소 당혹스럽게 느껴진다. 그는 두 어린 소년 소녀 사이에 어떤 일이 있었는지 (분명히) 알았으므로, 도덕적 의무를 앞세워서라도 막았어야 했다. 다른 한편으로 어쩌면 그는 유일한 치유방법이 부에노스아이레스의 관객들이 예견한 것과 같다고 여겼을 수도 있겠다. 노승은 어떤 행동도 취하지 않은 채 섬뜩한 예언을 한다. "욕망은 소유욕을 일깨우고 소유욕은 살인의지로 귀결된다."

히치콕처럼, 김기덕도 카메라 앞에 서는 걸 좋아하는 것 같다. 〈빈집〉에서 그는 주인공 대역으로 직접 오토바이를 몰았다. 〈봄 여름 가을 겨울 그리고 봄〉에서는 영화의 겨울 장면에서 노승의 역할을 해낸다. 아마도 그 역을 맡은 배우가 감독의 요구를 충족시켜주지 못했는지도 모른다. (다른 버전에선 그 장면을 연기하는 배우가 아예 없기도 했다.) 영화 속에서의 예도 있지만, 그가 체코 영화제 오프닝에서 노래를 불렀다는 얘기도 들었다. 정말로 재능이 많은 사내다. 그리고 그 독창성으로 인해 국제적 명성을 쌓고 있다. 그건 이 글의 끝부분에 수록될, 경이로운 숫자의 영화제 노미네이션과 수상 기록만 봐도 알 수 있다.

KIM KI-DUK
ON MOVIES,
THE VISUAL
LANGUAGE

나쁜감독 김기덕
바이오그래피
1996 - 2009

리얼리티의 고통

김기덕의 최근 영화들이 삶의 생경한 측면에서 어느 정도 발을 빼고, 인간의 특성을 관객들의 요구에 맞게 묘사하기 시작했다는 글을 읽은 적이 있다. 물론 관객들이야 자신들의 "더 나은 자아"가 영화 속에 반영되기를 기대할 것이다. 나는 그 말이 사실인지 그에게 서신으로 직접 물어보았다.

"제가 변했다고 말하지만 저는 잘 모릅니다. 다만 늘 마음에 두는 것은 다수의 의견에 대한 의심을 버리지 말자는 것입니다. 최근작들이 예전 영화와 다르다고 하지만, 저는 숨기는 것이라고 생각합니다. 자세히 보면 더 잔인하고 아픈 영화들이라고 생각하고 그것이 자기 승화로 가는 길이라고 생각합니다. 요즘 영화들 속의 판타지가 더 깊어진 이유도 현실의 고통이 더 깊어졌기 때문이 아닐까 생각합니다. 저는 행복하지 않고 계속 더 슬프고 외로운 상태입니다."

김기덕의 태도가 누그러졌다고 쓴 사람은 영화를 제대로 보지 않았다는 게 내 판단이다. 그리고 그건 이 질문을 하기 전까지의 내 모습이기도 했으며, 또한 아르헨티나에서 그의 영화를 거의 찾아볼 수 없는 이유이기도 하다. 어느 경우이든, 변화에 대한 판단은 "다수의 견해"는 아니다. 물론 그들을 노려보는 냉혹한 스크린으로부터 벗어날 수 있다면야 대부분의 관객들이 쌍수로 환영하겠지만 말이다.

관객들의 반응은 흥미로우면서도 풍부한 분석의 장을 제공한다. 거친 폭력을 주제로 하는 영화가 개봉되면 관객들은 영화관을 가득 채우고, 절단 난 수족과

토막 난 신체가 나뒹굴고, 스크루드라이버로 손톱을 뽑히는 등, 장르의 천재들이 창안해낸 끔찍한 장면들을 즐긴다. 이런 식의 잔혹함은 관객들을 괴롭히지 못한다. 그런 것들이 결국 디즈니월드와 "바넘과 베일리 서커스단의 거짓세계"에 속한다는 사실을 너무나 잘 알기 때문이다. 그들은 스크린의 장면으로부터 멀리 떨어져 있다. 그리고 실제 생활에서라면 아무도 그렇게 무자비하게 고문하거나 살해할 수 없다고 확신하기 때문에, 그런 화면에 대해 얼마든지 관용을 베풀 수 있다.

다른 한 편, 구타와 강간 등 일상적인 형식의 폭력과 가슴을 찢어내는 미묘한 심리적 고문은 관용의 수준을 현저하게 끌어내리게 된다. 직접 이런 식의 폭력을 겪어본 적이 없다고 해도, 약간의 상황변화 만으로도 얼마든지 자신이 피해자 또는 가해자가 될 수 있음을 관객들(범주가 애매하지만)이 너무 잘 알고 있기 때문이다. 언제든 자신의 자아가 행사하거나 당할 가능성이 있는 상황에 대한 잠재의식적 공포는 리얼리티에 가까운 폭력형태에 대해 절대적인 반감을 유발하게 된다.

이 글을 통해 알프레드 제리, 앙토냉 아르토, 페르난도 아라발 등의 이론과 작품까지 들먹일 생각은 없다. 아직은 비교 자체가 공평하지 않기 때문이다. 그가 "본질적인 신념을 포기할 수는 없다"고 했을 때, 그건 바로 정신으로부터 자신을 분리할 수 없다는 실존적이고 형이상학적인 인식일 뿐 아니라, 그것이야말로 영화를 만드는 이유임을 다시 한 번 상기시키는 선언이라 할 수 있다. 그는 관객들이 자신의 추구에 동참하도록 부추긴다. 물론 일반적으로 영화팬들은 여가를 즐기고 고민을 달래기 위해 영화관을 찾는다. 때문에 쓰라린 심장과 잔뜩 꼬인 머리로 영화관을 떠나는 걸 달가워하지 않는다는 사실 정도는 그도 잘 알고 있다. 관객들은 수저로 떠먹여주기를 원한다. 그렇지만 김기덕은 깊은 사고를 자극하는 노력을 포기할 생각이 전혀 없다.

"더 가혹하고 처절한지"에 대한 판단을 내리기 전에, 먼저 후기작들을 살펴볼 필요가 있겠다. 그가 "숨겨두었다"고 한 이유는, 물리적 폭력이 줄어들고 정신적 고문과 자기학대가 훨씬 더 많아졌기 때문일 것이다. 그의 말대로 후기작에서 슬픔을 강화하는 요인이 있다면, 몇몇 초기작에서 등장인물들이 연옥이나 지옥을 거친 후에 희망의 기운을 띄우는 반면, 대부분의 최근작에서는 정신적 상처의 치유가 거의 불가능한 것으로 드러나기 때문일 것이다. 망가진 건 영원히 망가진 채로 남는다.

〈시간〉(2006)은 바로 그 예 중의 하나다. 〈시간〉은 20대 후반과 30대 초반의 어느 남녀에게나 일어날 수 있는 사랑의 줄다리기에 대한 이야기다. 이 영화 역시 관객은 그 장면들이 실제로 일어나고 있는지, 아니면 만남과 각성의 메타포로 받아들일지의 선택에 내몰리게 된다.

번잡한 도시, 남자친구가 접촉사고를 일으킨 후 보험처리를 위해 한 여인과 명함을 교환하자, 영화의 여주인공이 그녀에게 비정상적인 질투를 느낀다. 그녀는 모든 방법을 동원해 남자에게 언어고문을 시도한다. 관계를 갖는 동안에도 그가 다른 여자를 생각한다며 다그칠 정도다. 하지만 히스테리 환자가 다 그렇듯, 남자가 마침내 추궁을 피할 양으로 장단을 맞춰주자 그녀는 길길이 날뛰기 시작하고, 남자가 포기하고 잠자리에 든 다음엔 아예 집까지 나가버린다.

침대에 누워 있는 동안에도 그녀는 그가 자기 몸, 특히 얼굴에 싫증이 났다며 악다구니를 질러댄다. 남자친구는 크게 당혹해한다. 실제로 다른 여자의 얼굴을 주의 깊게 본적도 없지만, 여자 친구의 집요한 추궁 앞에서는 결국 그도 사실관계를 헷갈리고 만다.

다음날 아침, 지우(남자친구)는 잠에서 깨자마자 어젯밤 일을 오랜 연인들이 흔히 겪는 사랑의 말다툼이라고 여기고 세희(여자친구)와 화해하기 위해 그녀의 직장과 아파트를 찾아간다. 하지만 세희는 아무 흔적도 안 남기고 사라진 후였다. 그는 크게 당황한다.

지우는 불신, 좌절, 사랑의 배신감, 우울함, 분노……. 등등 걷잡을 수 없는 감정의 소용돌이에 빠진다. 그는 그녀의 흔적을 쫓아 계속해서 한 카페를 찾아간다. 그녀가 돌아온다면 그곳을 먼저 들를 것이라는 막연한 희망 때문이다. 카페에서의 슬랩스틱 코미디 같은 일련의 사건들이 무의미해 보이는 기다림의 긴장을 풀어준다.

그 동안 세희는 잡지에서 여러 얼굴들을 오려내 성형외과를 찾아간다. 의사는 수술을 단념시키기 위해 열심히 그녀를 설득하지만 소용이 없다. 6개월 이전엔 회복이 불가능하다는 경고도 전혀 먹히지 않는다. 그녀가 원하는 건 완전히 다른 얼굴이다.

그 후 6개월간, 그녀는 지우를 엿보면서 지내다가 얼굴이 고쳐지자마자 그를 유혹한다. 두 사람의 새로운 관계는 둘 모두에게 행복하고 만족스러우나, 결국 지우에게 크게 불리할 수밖에 없다. 새희(세희가 새로 얻은 페르소나에 붙인 이름)는 옛 애인이 돌아오면 어떻게 하겠느냐는 식의 질문으로 지우를 괴롭힌다. "안 돌아와." 지우가 대답한다. "하지만 돌아오면?" 새희가 물고 늘어진다. 그리고 그날 아침, 그녀는 "세희"가 사인한 메모지를 지우의 자동차 앞 유리창에 남긴다. 그 후 영화는 가면, 기만, 정신적 고문, 가공할 공포 등의 병적인 게임으로 풀려나간다.

평론가 다시 파케트는 "등장인물들의 연기가 심리학적 규범을 어긴다"고 말한 바 있으나, 사실 처음부터 "심리학적 규범" 따위는 존재하지 않는다. 297가지 정신질환을 규정하고 분류하는 정신병 진단기준인 DSM IV의 정신병적 서술자들이야 존재하겠지만, 세상에 어느 정신이 규범을 따른단 말인가. 게다가 따른다고 해도 질병의 치유는 유치한 코미디가 되고 말 것이다.

만남의 불가능에 대한 메타포로 이 영화를 본다면, 사랑이 신체의 외적, 시각적 매력에 의존할 경우 그 사랑 그 자체가 속임수가 될 수도 있다는 사실만 깨닫게 될 것이다. 세희는 돈을 주고 새 얼굴을 얻었으나 목소리와 몸과 피부는 그대로 다. 그렇게 오랫동안 대화하고 사랑을 나눈 여인에 대한 감각적, 청각적 기억은 어떻게 되었단 말인가? "심리학적 규범"의 옹호자들은 이야기를 곧이곧대로 받아들이기 위해 그가 전전두 피질과 청각장애를 겪고 있다고 우길 셈인가?

그렇다, 잔혹성과 처절함은 "불한당" 영화들만큼 노골적이지 않으나 그럼에도 불구하고 여전하다. 게다가 진정한 사랑을 당연시하는 사람들에 대한 경고까지 곁들여 있다. 도대체 "진정한 사랑"이 뭐란 말인가. 개인은 서로 다른 방식으로 사랑하며, 정확히 사랑하는 만큼 사랑받기를 원할 때 갈등과 고통이 발생한다. 그러니까 잠자는 개들은 건드리지 않는 게 낫다? 아니, 그건 김기덕의 방식이 아니다. 그의 질문들은 우리 내면의 동면중인 개들을 깨운다. 관객들과 평론가들이 그의 영화에 강하게 저항하는 이유 중 하나가 바로 그 때문일 것이다.

"리얼리티의 고통이 더욱 심해졌다." 그 "리얼리티"라는 개념은 너무도 많은 출구를 가리키고 있다. 한편으로 우리는 모두가 사적인 리얼리티의 거품 안에서 살고 있다. 거품 안의 온도는 계속 바뀌는데 주체가 민감할수록 변화는 더욱 심해진다. 다른 한편 거품은 투명하기까지 하다. 갈수록 척박해지는 바깥 세계를 보지 않을 도리는 없다. 그리고 그로 인해 우리의 고통은 더 악화된다. 외부의 리얼리티가 거품의 벽을 꿰뚫어 안팎의 구분 자체가 불가능해진다는 건, 우리에게 가혹한 고문이 될 수밖에 없다. 그건 우리가 보편적 고통에 얽혀 들어가는 한편, 그 강력한 공포군단에 맞설 힘을 완전히 빼앗긴다는 뜻이 되기 때문이다.

이제 더 이상 자아와 외부세계의 경계를 구분하는 건 불가능하다. 우리는 영양부족으로 신음하고, 우리로서는 이해조차 불가능한 전쟁의 참사로 고통 받고, 과부와 고아와 장애인과 노숙자들 때문에 슬퍼해야 한다. 개개의 정신병리학적 체질에 따라 무기력, 분노, 우울증 또는 그 셋 모두의 지옥에 빠질 수도 있다. 그렇게 되면 각각의 폭력은 번갈아가며 우리의 인생에 치명적인 상처를 가하게 될 것이다.

김기덕은 가공할 고통 때문에, 어쩌면 그 자신도 판타지 속에 숨는 건지도 모른다고 말한다. 하지만 이들 신작 영화 어디에도 ('가상'이라는 의미에서의) 판타지는 존재하지 않는다. 리얼리티는 미학적으로 전환되었건만, 계속 지적하다시피 김기덕의 영화는 도무지 마술의 영역으로 넘어서는 법이 없다. 〈시간〉에서 이를 암시하는 실마리가 있기는 하다. 술집에서 지우와 친구들이 어떤 책을 읽는지 얘기하는 장면인데, 누군가 가르시아 마르케즈의 〈백 년 동안의 고독〉을 언급한다. 아무 의미 없는 선택은 아닐 것이다.

며칠 전, 한 이탈리아 의사에게서 이 책이 읽기에 따라 한 사람의 마음에 대한 얘기가 될 수도 있다는 얘기를 들었으나 실제로 그렇게 읽는 사람은 없는 듯하다. 대부분의 독자들은 이 소설을 일종의 기악곡인 디베르티멘토로 받아들인다. 그건 김기덕의 영화에 대한 최대의 정적들조차 그의 영화에 붙여주기를 꺼려하는 이름이다.

2008년 작품인 〈비몽〉은 리얼리티와 판타지 사이를 꿰뚫는 김기덕의 통찰력을 가장 과감하게 보여주고 있다. 영화는 합리성의 비합리성을 고발한다. 두 개의 몸으로 분리된 단일 인격, 그리고 한쪽이 꿈꾸는 대로 행동해야 하는 다른 한쪽. 보편적 상징으로 가득한 이 영화는 모든 계층의 관객들에게 생각할 거리를 제공해준다. 영화는 그의 많은 작품들에서 유지해왔던 균형마저 충격적으로

비틀어낸다.

한 작가의 작품과 관련된 전기를 집필하는 데 있어서 작가의 경력과 분리된 정보를 싣는 것은 금물이다. 문제는 김기덕의 경력이 테크놀로지의 선택과 무관하다는 사실이다. 렌즈, 카메라, 테크놀로지가 분명 영화작업을 하는 도구임은 분명하나, 비물질적인 핵심, 즉 그의 감수성이 없다면 그런 연장들은 완전히 무용지물에 불과하다. 그런 의미에서 그의 마지막 대답은 반드시 집고 넘어가야 할 것이다.

"저는 행복하지 않고 계속 더 슬프고 외로운 상태입니다."

몇 년 전, 한 얼치기 청년음악가와 혹독한 말다툼을 한 적이 있었다. 위대한 예술작품은 창조자의 슬픔과 고독에서 비롯된다는 나의 말에 그는 발끈했다. 아리스토텔레스의 〈윤리학〉에 행복의 추구는 평생이 걸린다는 문구가 있다. 게다가 그는 궁극적으로 행복을 얻을 수 있다는 확신도 주지 않았다. 결국 행복은 '상태'가 아니라 '추구'라는 고약한 결론에 만족하란 얘기겠다. 사실 그건 단지 아리스토텔레스의 말이 아니라, 우리의 일상생활을 통해 증명된 혹독한 진실이기도 하다. 우리는 짧은 순간의 행복을 누린다. 그리고 그 행복이 (너무도 덧없이) 끝나고 나면 또 다시 예술가들의 단골 메뉴인 '추구'로 복귀하게 된다.

고독의 자각은 예민한 사람들의 특권이자 저주이다. 그 사실을 깨닫는 사람은 거의 없겠으나 인간은 누구나 본질적으로 고독하다. 그럼에도 불구하고 가끔

헤드라인에 이름을 올리는 사람들 중에서, 일반 대중들이 그들의 진짜 얼굴로 오인하는 행복의 마스크를 벗는 사람은 거의 없다. 세계적으로 쌓은 명성을 거두어내고 자신이 슬프고 고독하다는 사실을 고백하는 데에는 용기와 정직한 성품이 요구되기 때문이다. 김기덕은 바로 그 창작의 진실이 삶의 진실로 귀결되는 "고귀한" 승자에 속한다.

〈활〉(2005)은 그의 세계관의 방향 전환을 기대하는 사람들을 실망시킨 최근 영화 중 하나다. 이 영화는 여타의 작품들과 마찬가지로 특별한 규칙이 있는 제한된 공간을 무대로 한다. 영화는 수양딸이 장성하면 그녀와 결혼하겠다는 희망을 품고 배 안에서 살아가는 노인의 이야기를 다루고 있다. 문제의 활은 현을 다루는 방식에 따라 무기도 악기도 될 수 있지만, 그는 주로 소녀에게 흑심을 품은 청년들을 몰아내는 데 이용한다. 하지만 소녀와 행복한 삶을 살고자 하는 노인의 꿈은 소녀가 여인으로 성장하면서 산산조각 나고 만다. 정작 소녀한테는 남편/간수로 전화된 아버지와 함께 보트/감옥에서 남은 평생을 썩고 싶은 생각이 추호도 없었다.

"영화에 대해서 많은 질문을 받는 게 좋은 것은 아니라고 생각합니다. 그냥 느끼고 이해하고 공감한다면 굳이 설명할 필요가 없습니다."

이 책 초반부에 들어있는 인용문을 다시 꺼내본다. 〈활〉의 문맥에서 재확인할 필요가 있기 때문이다. 김기덕의 웹사이트에 리뷰가 수록된 몇몇 평론가들 역시 질문하지 않았다. 문제는 느끼지도 공유하지도 이해하지도 않으려 한다는 것이다.

우리 모두는 견해를 피력할 자격이 있다. 그리고 만일 어느 작가가 과거의 행적에서 갑자기 궤도를 이탈했다면 우리는 당연히 고개를 갸우뚱해야 한다. 뭔가 놓친 게 있다면 다시 살펴보고, 이야기의 표면적인 단조로움 이면을 흐르는 예술가의 영혼을 찾아내야 한다.

〈활〉의 경우, 피그말리온 신화(상아로 조각한 여신상을 사랑한 키프로스 왕의 이야기-옮긴이)의 현대화된 버전이 당신을 노려본다. 김기덕이 그 신화를 알든 모르든 그건 상관없다. (유럽/미국 언어와 문화를 배우는 데 관심이 없다는 그의 얘기를 상기하자.) 신화소들은 집단무의식과 마찬가지로 보편적이다. 그렇게 본다면 〈활〉은 새로운 의미를 띄게 될 것이다. 하지만 제한된 공간이라는 김기덕의 테크닉을 쫓아, 불교와 의사불교라는 한국 문화 속에 분석을 가둔다면 결코 그 의미를 깨닫지 못할 것이다.

이는 예술작품을 "분석할 필요"에 대한 본질적인 문제를 제기한다. 김기덕에 따르면 대답은 물론 "필요 없어!" 이다. 나로 말하자면, 분석은 작품을 산뜻한 단편으로 분해하고 결국 독자들한테 원래의 예술혼이 빠져버린 한줌의 빈 상자만 전해준다는 쪽이다. 분석행위가 평론가들과 리뷰어들이 생계를 꾸리는 방편이며 그 행위가 합법적이란 사실을 부인하지는 않겠으나, "예술의 올바른 감상(appreciation of art)"이라는 문구가 영국의 대학들에서 만들어져서, 실험 실용 암시로 가득한 "분석"이란 단어의 냉혹함을 대체한 건 이미 오래 전의 일이다. 어쩌면 이런 변화가 예술을 보듬는데 더 도움이 될지도 모르겠다.

KIM KI-DUK
ON MOVIES,
THE VISUAL
LANGUAGE

나쁜감독 김기덕
바이오그래피
1996-2009

관계와 개인

예술가로서 특별히 전하고 싶은 메시지가 있는지 물었을 때, 그는 거의 의식의 흐름처럼 이렇게 답변했다.

"우리가 살고 있는 세상은 이미 모두 공범관계라고 생각합니다. 사람들은 착한 사람과 나쁜 사람으로 모두를 나누지만 전 그런 것은 없다고 생각합니다. 이미 우리는 서로 마주보는 거울 같은 삶을 살고 있다고 생각합니다. 역사 안에서 인간들은 많은 것을 고쳐 살고 싶어 하지만 아주 유치한 걸로 여전히 서로 싸우고 있습니다.

이제 저는 다수가 행복한 것보다, 한 나라가 행복한 것보다, 어떤 집단이 행복한 것보다 개인이 자유롭고 행복한 것에 대해 말하고 싶습니다. 그 행복은 물질적 만족이 아니라 깨달음으로 반복하는 것입니다. 매일매일 또 다른 깨달음으로 경지에 이르는 것입니다."

그의 답변은 마치 영화처럼 들린다. 그 자체로 복잡한 사고를 불러일으키기 때문이다. 우리가 누구와 공범이라는 거지? 사회적 불의를 뜻하는 건가? 아니면 가난한 사람들에게 등을 돌린 채 저희들끼리 잘 먹고 잘 사는 상대적 소수의 부자들? 환경보호를 부르짖는 허울 좋은 단체들이 마구잡이식 자연파괴를 외면하는 차원을 넘어, 아예 체계적인 훼손에 앞장서는 후안무치의 행태? 군수산업의 공모와 (우리들의 외면으로 가능해진) 무지막지한 거짓으로 촉발된 무의미한 전쟁? 민주주의의 이름으로 자행된 인권 훼손? 다수가 '개인의 안전'을 위해 노력하고 있다는 식의 새빨간 거짓말? "과거의 올바른 방식"을 고집하는 구

세대와 더불어, 빠르게 발전하는 사회의 인재로 키우는데 오히려 방해만 되는 교육시스템? 아니면 그 모든 것들?

김기덕은 정치에 대해 말하지 않으나, 다시 아리스토텔레스를 인용한다면(〈정치학〉), 인간은 (철두철미하게) 정치적인 동물이다. 우리의 목적을 위해서라면 복잡한 논리를 따질 필요 없이 단 하나의 인용문만으로도 충분하다. "국가가 시민 개개인의 안녕에 이바지할 때 정의로우며, 오직 권력자들에게만 혜택이 주어질 때 부정하다." "국가"의 개념을 "정부/행정/사회"로 대체하고, 정부의 정치적 성향과 관계없이 실질적인 지지자들이 일반대중들보다 더 잘 먹고 잘 사는 현실을 명심한다면, 김기덕이 생각하는 관계의 뜻도 더욱 분명해질 것이다.

"공범"은 목구멍으로 감당하기도 어려운 단어다. 이 단어는 우리를 범죄의 파트너로 만든다. 그것도 어느 사법체계에서도 거론해본 적이 없는 종류의 범죄다. 왜냐하면 이런 의미에서 본다면, 사법시스템 자체가 세상의 악과 공범관계에 있기 때문이다. 요컨대, 정치는 붕괴 상태이다.

"선악"을 기준으로 사람들을 이분하는 데 대한 김기덕의 불신은, 오랜 세월 동안 우리 인간들을 양심의 가책으로부터 자유롭게 해주었던 단순한 논리 하나를 떠올리게 한다. 국제화 사회에서 "착한 사람들"이란, 여론 주도층과 정치적으로 성공한 사람들의 족적을 쫓고, 세금을 납부하며, 대중문화와 대량소비사회의 조립라인 안에서 주어진 역할을 성실하게 수행하는 부류를 뜻한다.

그와 반대로 "나쁜 사람들"은 법을 따르지 않는다. 그로 인해 그들에게는 부적응자, 낙오자, 무법자, 범죄자라는 꼬리표가 따라 붙는다. 하지만 "나쁜 사람들"에게도 규범이 있고, 주변부에서 살아가는 그들의 인생에도 절차가 존재한다. 하지만 "착한 사람들"은 그들의 규범도, 절차도 이해하지 못하기 때문에 오직 "나쁜 사람들"이 부대자루에 담겨 거친 바다에 내던져질 때에야 겨우 마음을 놓는다. "나쁜 사람들"은 선택의 결여와 박탈로 인해 가혹한 감옥 생활까지 감내한다.

김기덕이 영화를 통해 보여주려 했고 다양한 방식과 다양한 수준으로 보여주는데 성공한 결론은, 선과 악이 동일인에게 공존한다는 사실이다. 대단한 발견이라고 추켜세우자는 게 아니다. 하나의 영혼 안에서 선과 악이라는 두 개의 세력이 서로 힘겨루기를 한다는 사실을 외면하는 종교는 없으니 말이다. 기독교처럼 성공한 종교에서는 선택은 결국 자신의 몫이라고 설교한다. 게다가 그 선택은 1회로 끝나는 것이 아니라 일상생활에서 크고 작은 결정을 내리기 전, 먼저이쪽이든 저쪽이든 선악의 선택에 의지하게 될 거라는 경고도 잊지 않는다.

김 감독은 악어, 또는 〈나쁜 남자〉의 잔인한 뚜쟁이 같은 "나쁜" 캐릭터들에게조차도, 투박한 친절 같은 선의 요소들을 은근슬쩍 끼워 넣는다. 아니면 〈나쁜 남자〉의 경우처럼, 그들을 "착한 사람들"의 영역으로 내동댕이친 바로 그 간극들을 통해 긍정적인 발전의 가능성을 열어두기도 한다.
"선"과 "악"이 동일한 의미가 아님은 분명하다. 하지만 그의 악당, 범죄자, 부도덕자들은 절대적으로 악하지도 못하다. 악이란 선과의 차별을 의식할 때에만 성립한다는 간단한 진리 때문에라도 그렇다. 그 인물들은 선이 무엇인지 모르므로, 스스로를 악으로 규정할 수도 없다. 게다가 우리가 도대체 무슨 자격으로 판단할 수 있단 말인가?

신학박사 조나단 스위프트는 1726년에 이미 〈걸리버 여행기〉를 출간했다. 스위프트가 그 책을 당시 영국사회에 대한 정치적 사회적 풍자/패러디로 기획했다는 사실을 모르는 사람은 거의 없다. 하지만 보다 특별한 건, 사회가 다르면 추구하는 관습도 다르다는 사실에 있다. 어느 사회에서는 "선"으로 받아들여지는 것이 다른 사회에서는 "악"이 될 수도 있다. 어떤 관점에서는, 대립적인 행위가 공존한다는 사실이, 김기덕의 색에 대한 정의를 통해서 드러나는 반복된 주제일 수도 있겠다.

"… 검은색을 설명하려면 반드시 흰색을 지적해야 합니다."

이런 측면에서 그는 우리가 외모로 판단하는 경향이 있다는 사실까지 지적한다. "착한 사람들"은 허름한 옷과 헝클어진 머리카락, 그리고 덥수룩한 턱수염을 깎지 않아도 존경 받을 자격이 있을 수 있다는 사실조차 인정하려 들지 않는다. 김기덕은 인간의 조건을 존중할 것을 요구한다. 그건 누구도 포용하기 꺼리는 입장이다.

인간의 운명으로서의 거울 같은 공존은 몇 가지 사실들을 생각하게 만든다. 하나는, 사회의 맨 밑바닥에 있는 사람들("나쁜 사람")은 정상에 사는 사람들("좋은 사람")의 방식을 모방하지만, 출신 기반도 다른데다 동일한 기회를 갖고 태어나지도 못한 탓에 거울 속 이미지는 마치 유원지 거울에서처럼 흉하게 왜곡되고 일그러질 수밖에 없다.

또 다른 생각은, 우리는 모두 이웃의 거울처럼 보이기 위해 열심히 획일성을 추구한다는 사실이다. 마주 설치된 거울은 개인의 "독창성," "본 모습"을 완전히 배제한 채, 똑같은 이미지만을 무한 복제한다. 이 두 번째 관념이 어쩌면 우리들의 책임감마저 방기하도록 만들어버리는 관념일지 모른다. 왜냐하면 우리는 다른 복제품의 복제에 불과하기 때문이다.

인류가 잘못을 바로 잡는 데 실패했다는 김기덕의 신념은 여기에서 비롯된다. 위대한 남자도, 위대한 여자도 있었건만, 그 위인들의 위대한 모습으로 건설된 사회는 어디에도 없다. 제비 한 마리가 봄을 부르는 것은 아니다. 게다가 인간의 본성은 불행하게도 치졸하고 자기중심적이다.

우리가 그렇게 열심히 싸우는 목적은 무엇일까? 권력, 돈, 명성, 그리고 성공? 우주의 기획에서 볼 때(그런 게 있다면), 그야말로 하찮기 짝이 없는 것들이다. 나는 아마존닷컴에서 데이비드 그린스푼의 〈고독한 혹성: 외계 생물의 자연철학〉을 광고하고 있다는 사실이 무척 반갑다. 우리는 우주라는 기획의 일부일까, 아니면 환경의 돌연변이일까? 행여 실망스럽게도 두 번째 선택이 사실이라고 한다면, 우리가 쟁취하려는 사소한 목표들은 또 다른 차원의 문제가 된다. 태곳적부터 반복해왔던 "만인의 개인주의화"가 비로소 완벽한 의미를 보유하기 때문이다.

김기덕은 자신이 철학자가 아니라고 말한다. 하지만 실제로 행복, 지혜, 각성 등에 대한 그의 설명들은 그 반대의 이야기를 하고 있다. 그건 분명 "(진정한) 지혜와 각성에 의해 반복된 (그리고 유지된) 행복"에 대해 말하고/쓰고 싶어 하는 철학자의 진술이다.

불교에서 말하는 자유가, "권리의 자유"가 아니라 욕망으로부터의 자유를 뜻함을 우리는 기억할 필요가 있다. 소비사회에 속한 이상 우리의 삶을 편하고 유쾌하게 만드는 이기들과 그를 통해 얻는 물질적 행복을 포기한다는 건 쉬운 일이 아니다. 그리고 그로 인해 신분추구의 해악은 모든 사회계층을 감염시켜 놓는다. 소득이 신통치 못해 "진짜"(예를 들어, 롤렉스시계)를 손에 넣지 못하면 짝퉁이라도 구해야 직성이 풀린다. 이런 현상에 대해 사회학자들은, 짝퉁 귀중품에 대한 허식이 물질적인 결핍뿐 아니라 정신적인 결핍까지 보상해주기 때문이라고 지적한다. 그리고 그 스펙트럼의 다른 끝에서는, 상상을 초월한 부자들이 박물관에서 훔쳐낸 엄청난 가격의 그림 등을 사들여 혼자서 은밀하게 감상하고 있다. 도널드 덕의 스크루지 아저씨는 실제 세계에서도 존재한다. "새로운 지식과 깨달음에 의한 각성을 통해 [우리가 사는 세상을 초월한] 경지에 이르게 된다"는 진술은 정신세계로의 진입을 뜻하며, 이는 인간에 대한 김기덕의 긍정적인 견해를 대변한다. 비록 그는 이런 생각들이 개인에게 적용될 뿐 다수와 무관하다고 주장하나, 결국 개인의 총체는 다수일 수밖에 없다. 사회이자 국가인 것이다

각성을 통해 새로운 지식과 깨달음을 얻는 건 쉬운 일이 아니다. 우리는 세상이

제공하는 의미를 파악하고 우리 내부를 들여다보는 한편, 주변을 살피고 내적 동기를 찾아내고, 사소한 에피소드들에서 즐거움을 얻는 경향을 키워야 한다.

최근 몇 년 동안, 얼치기 반짝스타들이 내적동기라는 개념을 훔쳐서 찰나의 쾌락을 위한 저들만의 "기적적인" 요리법에 끼워 넣고 있다. 나는 내적동기와 그로 인한 즉각적인 내적결과가 불교의 핵심사상임을 깨닫고 크게 기뻐한 적이 있다. 내가 불교의 전문가가 아님을 용서한다면, 우리가 행하고 말하고 생각하는 만사에서 동기를 만들어낸다는 뜻으로 이해하고 싶다.

우리가 만들어내는 동기들은 모두 미래에서의 결실을 기대한다. 물론 때가 되어 결실이 생길 때까지 우리가 알 수 있는 건 아무 것도 없다. 우리가 종종 동기와 결과를 혼동하는 이유는 그 때문이다. 예를 들어 배우자가 다른 남자/여자와 달아난다면, 우리는 그들의 관계가 동기이고 배우자의 가출이 결과라고 믿는다는 것이다. 하지만 제 3자가 나타나기 전에 심각한 불화들이 있었을 경우, 불화가 원인이고 배우자의 부정은 결과가 된다. 우리의 감정, 행동, 발화 등을 조심스럽게 살필 수만 있다면 깊이 숨어있는 동기를 바꾸어 미래의 부정적인 결과를 막는 것도 가능할 것이다.

전술한 대로 김기덕은 불교도가 아니다. 하지만 나는 그가 말한 경지, 즉 우리가 사는 세상을 넘어선 경지가 상기의 개념과 매우 밀접히 연결되어 있다고 믿는다. 그리고 그의 영화들을 자세히 살펴보면 그 원칙이 바탕에 짙게 깔려 있음을 깨닫게 될 것이다.

자기충족

현재에 안착하기는 했지만, 김기덕은 과거를 다시 찾는 데에는 관심이 없다. 정상적인 교육을 받았다면 좀 더 쉽게 지금의 자리에 올랐을 거라고 생각하는지를 묻는 나의 질문에 그는 이렇게 대답했다.

"이미 저는 돌아갈 수 없습니다. 그리고 지금의 제가 표현하는 방식에 저는 만족합니다. 저는 영화를 체계적으로 배우지 않았지만, 그 시간에 인간과 삶과 다양한 기계의 기능을 배웠습니다. 저는 기계의 원리 안에 인간의 원리가 들어있고, 자연의 오묘함에 인간의 감성이 들어있다고 생각합니다. 저의 가장 큰 스승은 자연입니다. 제가 학교에서 지루하게 유럽 영화사를 외웠다면 다른 감독들과 다름없거나 감독이 되지 않았을 거라고 생각합니다. 저는 제가 아는 한도 안에서 그냥 자유롭게 표현하고 싶습니다. 저는 아직 모르는 게 많다는 게 참 행복합니다."

영어 선생들은 가정법 과거완료를 "신경증적 시제"라고 부른다. 이른바 정신분석과 문법을 결합한 농담인 셈이다. 실제로 '사실진술'과 달리 "내가 뭔가를 했다면(하지 않았다면), 나는 더 잘 했을 거야."라는 식의 상황은, 우리 인간들로서는 거의 아무도 벗어날 수 없는 신경증적 함정이 분명하다. 우리는 현재의 자리까지 이끌어준 길을 따라 과거의 사건들을 반추해보는 식으로 성공과 실패를 평가하는 경향이 있다. 김기덕은 확실하게 그 덫을 피해갔다. 그는 미래에 눈을 두고 현재를 최대한 만끽한다. 그리고 그건 그가 미래의 작품에 투영하기를 바라는 주제이기도 하다.

"지난 경험들에 만족한다"는 그의 말은, 우리도 언젠가는 똑같은 얘기를 할 수 있다는 희망을 제시해준다. 반면에 대부분의 예술가들은 매체를 접할 때마다 아직 자신의 최고 걸작은 만들어지지 않았으며, 더 나아가 자기만족의 순간은 사후에나 있을 거라고 선언한다.

인간과 인간의 삶에 대한 깨달음은, 자기탐구 및 정서적 성장 과정에 선행되거나 적어도 동시에 진행되어야 한다는 게 내 판단이다. 델피의 아폴로 신전에 새겨져있는 "너 자신을 알라"는 지혜의 비문은, 해답을 얻기 위해 신탁을 찾은 사람들을 향한 경고의 방식으로 그 의미를 무한히 확대 재생산해내고 있다. 주변 환경에 대한 김기덕의 관심은 빈틈없는 관찰력과 더불어, 감수성보다 지성이 발달한 사람들이 책에서 얻을 수 있는 것보다, 사람들과 사람들의 삶에 대해 더 많은 것을 배우도록 해주었다. "검은 색과 흰 색"에 대한 김기덕의 비유는 여전히 유효하다. 사회와 개인의 삶을 살아가기 위해 채택한 사람들의 가면 뒤에서, 당신이 보고 느끼는 내용을 비교할 내적 기준은 언제나 필요하기 때문이다.

이 글에서 우리는 종종 가면에 대한 얘기를 했다. 수많은 영화에서 메타포로 활용되는 가면들, 그리고 등장인물들이 삶을 바꾸기 위해 벗어버리는 가면들. "당신이 만나는 얼굴들을 만나기 위한 얼굴을 준비하기 위해"라는 T. S. 엘리엇(《프루프록의 연가》 중에서-옮긴이)의 구절은 그 부분을 정확하게 지적한 문장이다. 이 시구는 관계의 불안정성을 지적하는 동시에, 진짜 얼굴을 감추기 위해 채택하는 가면들을 지칭한다. 가면 뒤에 숨지 않고도 인간에 대해 배우는 게 김기덕에게 가능했다는 사실은, 동료-인간들뿐 아니라 김기덕 자신에게 강요된 시스템의 본질에 대해 우리에게 시사해주는 바가 크다. 그리고 그의 다른 사상에서와 같이, 이번에도 우리는 그의 판단을 신뢰할 수 있다.

김기덕은 "아날로그식 서술 구조를 좋아하지만, 이따금 [디지털] 그래픽이 필요할 때가 있다. 최근 작업들은 그런 기술들도 일부 채택하고 있다."고 말한다. 그런 기술에 대해 별다른 편견이 없다는 얘기다. 아날로그 기술이 훨씬 더 저렴하긴 하지만 동시에 그 값어치만큼의 정보밖에 전달할 수 없는 것도 사실이다.

역학 원리에 대한 언급은 서양인들에게 다소 당혹스러울 수도 있겠다. (어쩌면 동양인도 마찬가지다. 김기덕이 철두철미 독립적인 사상가이기 때문이다.) 우리는 역학원리가 기계 기능의 원리라고 믿는 경향이 있다. 모든 도구가 인간에 의해 고안되었음에도 불구하고, 사람들은 인간이 기계의 작동 원리를 창안한 것이 아니라 단지 발견한 데 불과하다고 생각한다. 물리학 성과로서의 역학이론은 갈릴레오, 뉴턴, 아인슈타인을 비롯한 걸출한 과학자들의 관찰과 실험으로 세상에 태어난 후, 분자와 (소)원자 차원에서의 운동을 규명하는 양자역학으로 성장하였다.

사실 갈릴레오와 뉴턴은 스스로를 "과학자"라 부르지 않았다. 과학자라는 단어가 1833년에야 비로소 쓰이기 시작했기 때문이다. 그들은 그 시대의 기본 학문인 철학, 수학, 물리학의 훈련을 받았고 우주의 법칙을 이해하는 데 그 지식들을 적절히 활용했다. 해명되지 않은 자연 현상과 그 힘을 지배하고자 하는 열망은, 김기덕이 언급한 인간의 원리(호기심과 성공에의 의지)와도 긴밀히 맞닿아 있다.

신비롭게 감춰져있는, 혹은 자연의 신비 속에 내재되어 있는 인간의 감수성 역시 서양인들의 사고방식으로 느끼기에는 난감한 문제다. 물론 자연의 현현(顯現)에 대해 인지하고, 이따금 감탄과 경외심을 보이기는 해도 그렇다고 그들은 감수성과 자연 사이에 연결고리를 끼워 넣지는 않는다. 그보다 서양인들은 인간이 본질적으로 자연과 별개의 존재임을 인정하는 편이다. 과거에 기적이라고 여겼던 일들이 지금은 과학자들이 연구해야 할 대상이 된 것도 그 때문이다. 그들은 혹성의 자전, 조류, 성장, 수많은 생명 형태를 포함한 수많은 과거의 신비들이, 자연을 지배하는 물리적, 화학적, 생물학적 법칙을 통해 설명되었으며 나머지 신비들 또한 완전히 해소할 날이 멀지 않았다고 주장한다.

이런 접근방식이 지나치게 사실적이고 냉혹하다는 점은 인정한다. 김기덕의 신념은 훨씬 더 낭만적이고 매력적이다. 게다가 자연을 향한 인간의 지배와 권리를 당연시하는 세상에서 근본적으로 다른 견해를 듣는 것도 기분 좋은 일이다. 어쩌면 김기덕은 특유의 절제된 언어로, 타고르가 유려한 문체로 써내려간 아래와 같은 철학과 비슷한 얘기를 하고 있는지도 모르겠다.

"주권이 아닌 칼의 지배를 영원히 받아야 하는가? 근대문명의 영혼은 섬뜩하고 가혹하기만 하다. 우리 인간의 감수성을 직접 공격하고 있으니 말이다. 이 위대한 기회의 시대를 대변하는 사람들이 개인의 신성한 이상을 포기하고 또 스스로의 무덤을 건설하고 있음을 고발하는 것은 이제 우리처럼 동양에 살고 있는 사람들의 몫이다. 인간의 본질은 지성이나 물질적 부에서 찾을 바가 아니기 때문이다. 그건 공감의 상상력과, 심장의 개안과, 자기희생에 달려 있으며, 온갖 계급과 피부색의 장벽을 넘어 널리 사랑을 전파하는 능력에 의존하며, 그리고 이 세상이 무력의 창고가 아니라, 아름다운 불후의 음악과 신성의 빛으로 가득한 인간 영혼의 보금자리임을 깨닫는 마음속에 존재한다."

기술력 없이는 어떠한 창작도 불가능한 직업을 지닌 도시인 김기덕이 어떻게 자연으로부터 그렇게 많은 것을 배웠을까? 우리는 〈봄 여름 가을 겨울 그리고 봄〉과 같은 영화에서 그가 무대와 로케이션을 어떻게 선택했는지 살펴볼 필요가 있다. 그러고 나면 그 과정이 베일에 가려져있음에도 불구하고, 그의 학습이 완전한 성공을 거두었던 사실을 인정할 수 있을 것이다. 이들 영화에서 자연과 인간은 상호 의존적 배역으로 존재하므로 어느 한 쪽을 배제하고 다른 쪽을 인지하는 건 불가능하다.

이 책의 서두 부분에서 소개한 바와 같이 세 편의 유럽 영화에서 깊은 인상을 받았다고 인정할 만큼 유럽 영화를 좋아하는 사람이자 자수성가의 표본인 김기덕은, 무미건조한 어투로 유럽영화사에 대한 자신의 견해를 밝힌다. 나는 그의 발목을 잡은 악이야말로 학습과 암기라고 감히 말할 수 있다. 분명히 그는 행동가이자 작가이자 사상가이지만, 학교생활의 규격엔 처음부터 들어맞지 않았을 거라고 생각하기 때문이다. 그는 다른 감독들이 모교의 배지를 가슴에 품고 있다고 생각한다. 요컨대 영화학교에서 교육받은 사람들은 모두 같은 방식으로 일하고, 때문에 차이를 구분하기 어렵다. "정해진" 길을 쫓았다면 그는 영화감독이 되지 못했을지도 모른다. 그리고 그 사실은 다시 그가 타인의 타인을 위한 학습주제에 어떤 식으로도 구속될 수 없는 자유영혼의 소유자임을 말해준다.

우리는 그가 자유의지를 위해 기꺼이 대가를 지불했음을 보았다.(초기에 영화를 배우지 않고 찍어서 버려야 했던 필름들!) 그렇지만 그는 남들이 다져놓은 길에 안이하게 편승하기를 거부했으며, 대중의 환호와 국제영화제의 수상 소식들은 그가 옳은 선택을 했음을 증명해준다. 그는 "자신의 지식과 경험의 한계 내에서" 완전히 만족한다. 하지만 이 구절엔 분명히 지적할 게 하나 더 있다. 김기덕이 그 한계를 부단히 넓혀간다는 사실이다. 그가 곧 할리우드에서 영화를 찍게 될 거라는 소문도 들린다. 그도 그 아이디어를 꺼리는 것 같지는 않다. 영화계에서도 기대감이 크다. 물론 독립적인 영화감독과 스튜디오 제작사의 양립에 대해 우려하는 소리도 있다. 모르긴 몰라도 김기덕의 고집을 제어하려면 꽤나 애를 먹어야 할 것이다.

그의 마지막 대답, "아직 모르는 게 많다는 게 참 행복하다"는 말은 아무래도 사실과는 거리가 있을 듯하다. 그 말은 그가 알고자 하지 않는 일들은 무의미한 것으로 여기겠다는 선언 정도로 이해하면 될 것이다. 어차피 더 나은 용도를 위해 남겨두어야 할 기억의 저장 공간을 빼앗을 하찮은 정보들에 불과하니까 말이다. 다른 한편, "거의 모른다" 함은, 자신도 모르게 흡수된 사상들이 그의 독창적인 작품 속에 스며드는 일이 결코 있을 수 없음을 확인해준다.

김기덕은 자신의 각본만을 영화로 만들고 있지만, 그렇다고 전 세계에서 만들어지는 영화의 다양성에 대해 몰이해한 건 아니다.

"저는 세계에는 다양하고 멋진 영화들이 많다고 생각합니다. 최근 (왕취엔안 감독의) '투야의 결혼'을 뒤늦게 TV로 봤는데 정말 훌륭했습니다. 그런 영화를 통해 저는 또 다른 진실을 공부하고 있습니다."

김기덕이 인상적이라고 하거나, 또 다른 진실을 위해 유용하다는 영화들은 실제로 관심을 가져볼 만하다. 나는 웹사이트를 통해 왕 감독과 이 특별한 영화에 대해 조사해보았다. 놀랍게도 그는 1965년에 태어난 중국의 젊은 6세대 감독으로, 〈투야의 결혼〉으로 2007년 베를린 영화제에서 금곰상을 수상한 인재였다. 〈투야의 결혼〉은 착하지만 무능력한 사내들에게 둘러싸인 한 여인의 이야기를 다루고 있다. 왕 감독은 자신의 몽고 혈통에 대한 감사의 표시로 몽고의 한 시골마을을 배경으로 설정한다. 이야기는 불구가 된 남편과 두 아이로 이루어진 가족에 대한 투야의 절대적인 믿음을 중심으로 흘러가며, 외형적인 메시지는 가정을 꾸리고 또 농사일을 하기 위해 두 사람, 즉 남편과 아내가 필요하다는 내용을 담고 있는 것으로 보인다.

영리하고 강한 여인인 투야는 몰려드는 "구혼자들"로부터 도움을 얻어내려 하지만, 결국 그녀를 사랑하는 남자들도, 사고로 두 다리를 못 쓰게 된 남편만큼이나 무능력할 뿐이다.

내 관심을 끌었던 그 다음의 문제는, 이 영화가 김기덕에게 보여준 "또 다른 진실"이었다. 사실 그가 가족을 지키기 위해 투쟁하는 아내 비슷한 주제를 다뤄본 적이 없기에 대답은 어느 정도 분명해 보인다. 게다가 그가 슬쩍 건드려본 경우에조차, 결혼제도는 바람직한 목표라기보다는 인간이 어쩔 수 없이 짊어

저야 할 업(業)에 가깝지 않았던가. 만일 김기덕이 가정의 기둥으로서의 여성의 중요성을 발견/인식하고 후일 자신의 영화에 그들의 사회적 역할을 건드린다면, 여성 팬들이 기하급수적으로 증가할 것임은 말할 필요도 없겠다. 그를 반여성주의자로 낙인찍은 사람들도 그 작품을 볼 경우 그가 여성을 폄하할 의도가 없었다는 사실을 받아들여야 할 터이니 말이다.

아무튼 김기덕은 다른 감독과 달리 여성이든 남성이든, 관객들이 그의 영화에 대해 어떤 생각을 하는지에 대해 완전히 무관심하다. 그의 관심은 오로지 각본을 쓰고 영화를 제작하는 과정을 통해 세상을 보다 잘 이해하는 것뿐이다.

"앞에서도 말했듯이 저는 제가 인생을 살면서 느끼는 모순을 영화로 만들고 싶습니다. 관객이라는 것도 다 허상입니다. 실체가 없다고 생각합니다. 우리는 다수라는 것에 끌려가면서 또 다른 다수를 만들고 그 허상의 노예로 살아가는데, 진정한 표현은 그렇게 하면 안 된다고 생각합니다. 저에게는 물고기 떼처럼 몰려다니는 노예 관객은 필요 없습니다. 저는 영화를 통해 일대일로 이야기 하고 싶습니다. 그가 한국 사람이든 미국 사람이든, 유럽 사람이든 아프리카든, 아랍이든 남미든 상관없습니다."

나는 이 진술을 예술가의 강령으로 읽었다. "우리"로 표현된 그의 개인적 선언은, 오직 김기덕만이 대답할 수 있는 질문을 제기한다. 그가 다른 무명 예술가들을 염두에 두고 한 말일까, 아니면 소위 "잘나가는 대가들"을 뜻하는 걸까?

〈의미 있는 운동: 아방가르드 강령의 선사시대〉의 줄리안 한나는, "강령은 언제나… '적을 만드는 일'에 관여한다."라고 적고 있다.

관객에 대한 김기덕의 외면은 영화를 만들게 된 동기와도 맞닿아 있다. 사실 다양한 예술분야의 위대한 예술가들은 실질적이고 능력 있는 관객에 대해 무관심 또는 반감(때로는 둘 다)을 드러내는 경향이 있다. 하지만 예술가의 작품에 대한 호불호를 떠나, 관객들이 예술의 순환에 기여하는 것 또한 틀림없는 사실이다. 예술가가 이들 관객의 호감을 얻을 때, 그의 작품은 입소문을 통해 흥행 반열에 오르게 되고 그로써 미래에 작품을 제작할 수 있는 자금의 규모도 그만큼 커지는 법이다.

다른 한편으로 관객이 예술가의 작품에 부정적인 반응을 보일 경우, 예술가는 직접 관객들을 선택하려 한다. 바로 이 점이 김기덕이 원하는 1대1 대화의 원천이다. 주류에서 벗어나 예술로 인정받지 못한 예술을 기꺼이 수용하려는 개인들이란 언제나 존재하기 마련이다. 이런 의미에서 김기덕은 1인 네오아방가르드로서 입지를 굳힌 것으로 보인다. 하지만 관객들에게 예술가의 파멸을 결정할 권리가 얼마나 있는지의 여부와 관계없이, 그들이 무시당하고 싶어 하지 않는다는 것 또한 분명한 사실이다.

조금 전, 김기덕이 할리우드에서 영화를 찍는 얘기를 했다. 만약 그 일이 성사될 경우 그는 커다란 대문을 통해 영화산업에 진입하게 된다. 당연한 얘기지만 이 산업은 돈을 만드는 영화산업을 뜻한다. 그들은 예술, 독창성, 재능을 키우는 일 따위에 관심이 없다. 이 세 가지 요인은 그저 특별보너스에 불과하다. 돈이 관객들로 가득 찬 극장에서 나오는 한, 영화산업의 목표와 김기덕의 정직한 원칙 사이에는 커다란 괴리가 있는 것으로 보인다. 영화산업의 지시에 따라 반드시 관객들을 사로잡을 필요야 없겠지만, 관객의 존재를 무시하는 행태는 반산업적이라는 오해를 불러일으킬 수 있기 때문이다.

관객들은 늘 그곳에 있다. 그리고 예술작품이 시장에 나온 한, 그건 본질적으로 예술가에게서 독립된 셈이 된다. 그때부터는 문화의 집단소유로 전환되는 것이다. 이런 관점에서 볼 때 관객의 인종이 문제되지 않는다는 말은 사실이다. 하지만 그에 못지않은 사실은, (예외는 있겠으나) 미국과 아랍이 미학적 관점이나 세계관에서 서로 다른 입장을 보이고 있다는 것이다. 물론 예외는 있다. 따라서 서로 다른 사회의 기준들과 김기덕의 보편성을 중재해, 그의 영화가 가능한 한 많은 사람들에게 성찰의 기회를 제공할 방법은 분명히 있을 것이다. 영감으로 충만한 그의 영화들이 국제 영화제라는 작은 공간에 갇혀 있다는 건 어느 모로 보나 손실일 수밖에 없다. 더욱이 대형영화제의 상을 수없이 휩쓴 그의 작품들이 이런 식의 흥행 참패로 끝나는 현실 역시 불공평할 뿐만 아니라 믿기 어렵기까지 하다.

이런 모순에 대해 김기덕은 굽히기보다 부러지는 쪽을 택한다. 그는 관객과의 어려운 관계에 대해 이렇게 말한다.

"인정받지 못했다고 제가 변할 수는 없습니다. (그럴 때마다) 더 단단하게 제

생각을 고집했다고 생각합니다. 그래서 지금도 여전히 영화를 만들 수 있다고 생각합니다. 영화는 가장 돈이 많이 드는 작업입니다. 저는 12년 동안 15편의 영화를 만들었고 한편도 흥행을 하지 못했습니다. 그러나 계속 만들고 싶고 늘 시나리오를 씁니다. 저는 제 눈에만 보이는 세상이 분명히 있습니다. 저는 그것을 믿고 있고 초월적인 경지로 가는 길이라고 생각합니다."

이제 주류의 문제와 소통이론으로 돌아올 때가 되었다. 감독들의 스타일과 뿌리는 각기 다르다. 그리고 그들 모두 나름대로의 장점과 단점을 지니고 있다. 영화제작에 대한 김기덕의 접근방식은 일반적으로 학교도, 지도자도 없었던 영화사의 초기에나 있을 법한 얘기다. 지금은 어디에나 학교가 있다. 전문감독들은 누구 할 것 없이 학위를 보유하고 있거나, 아니면 오랜 세월 촬영이나 배우로 일하면서 함께 일하는 감독들의 모습을 통해 해야 할 것과 하지 말아야 할 것을 익혀온 사람들이다. 어쨌든 저마다의 독창성에도 불구하고 그들은 일련의 원칙에 따른 그룹화가 가능하다. 대본과 대본의 해석을 원칙대로 따를 것을 요구하는 그룹, 배우들의 즉흥연기를 부추기는 그룹, 제작의 모든 단계에 관여하는 그룹 등, 감독들은 저마다 선택을 하고 그건 (항상은 아니더라도) 일반적으로 수긍이 가는 선택들이다. 최소한 주류 관객과 비평가들에게 익숙하기 때문이다.

김기덕의 선택은 오직 그의 경험에서 비롯된다. 그리고 그건 아무도 원치 않는 방식이다. 일부는 시도해볼 기반 자체가 없기 때문이고 나머지는 스스로 원치 않기 때문이다. 따라서 감독으로서의 그의 자질이 제대로 평가받기 위해서는 더 많은 시간이 필요한지도 모르겠다. 그룹에 속하기를 거부한 다른 혁신가들도 모두 같은 경험을 거치지 않았던가.

그의 영화의 의미를 통해 우리는 언어 내의 언어에 직면하게 되었다. 김기덕 자신의 상징적 언어(인간과 세계를 향해 그가 직접 던진 질문의 산물)가 영화의 언어에 삽입된다. 20세기 중반쯤에 영화가 나름의 독특한 언어를 터득했다 해도, 사람들이 그 "코드"를 읽어내는 건 여전히 난제일 수밖에 없다. 거기에 "이질적"(감독이 통상적인 말[시니피앙]과 그것의 의미[시니피에] 사이의 관습적인 소통을 거부하고, 관객들로 하여금 시니피에를 환유적으로 "비틀" 것을 강요한다는 의미에서 이질적이다.) 언어라는 부가적인 장벽이 더해진다면, 예기치 못한 의미가 표면화될 것임은 너무나 당연한 얘기다. 그가 전달하려는 의미가 "비틀림"이 일어나는 순간 다른 차원으로 전이되기 때문이다.

김기덕이 "이해/인정받지 못했다"는 건 엄밀히 말해서 사실과 다르기는 하나, 어쨌든 불가항력과의 집요한 싸움은 위대한 용기를 필요로 한다. 그의 영화들에 주어진 인상적인 수상 경력은 영화제의 심사위원들과 관객들이 그의 능력을 인지하고 인정했음을 보여준다. 아무리 그렇다고 해도 그 중 어느 한 편도 박스오피스의 상위에 오르지 못했다는 건 또 다른 문제다. 영화산업이라는 번드르르한 기계에 이물질로 남지 않겠다는 선언이라도 하지 않는 이상, 그의 영화들은 결코 대량의 관객반응을 불러일으킬 광고 전략의 지지를 받지 못할 것이다 우리가 봐야할 세상이 저 밖에 있음을 느끼는 건 멋진 일임에 틀림없다. 거대한 세계와 아이러니한 삶의 결합은 김기덕의 영감을 자극해 무한한 가능성을 탐색하게 해줄 것이다. 난 그의 앞길에 장벽이 없을 것이란 말을 덧붙이고 싶다. 왜냐하면 헤르만 헤세가 〈싯다르타〉에 적었듯, "그의 추구는 오로지, 존재하는 모든 것을 경험하는 것뿐"이기 때문이다. 그 책의 제목은 왕자의 운명을 포기하기 전의 부처의 이름이며, 존재의 "의미를 발견한 자"라는 뜻이다. 그야말로 김기덕이 추구하는 바가 아닌가. 그는 올바른 방향으로 나아가는 것으로 보인다.

마지막으로 이미 고인이 된 명사들에게는 던질 수 없는 질문 한 가지를 그에게 던져보았다. 팬들에게는 무척 다행스럽게도(그는 그렇게 생각하지 않지만 그에게는 매우 광범위한 관객층이 있다), 그는 정상의 자리에 오른 감독이면서 여전히 생생하게 살아 있다. 그리고 그의 영화팬들 중에는 당연히 감독이 되려는 꿈을 키우는 사람들도 있다. 그들을 위한 특별한 조언을 요청하자 감독 김기덕은 이렇게 대답했다.

"기술과 테크닉보다, 세상을 살면서 사람과 현상을 자세히 관찰하면 어떨까 생각합니다."

혜석과 같은 작은
같은 정이다.

Kim KiDUK

KIM KI-DUK
ON MOVIES,
THE VISUAL
LANGUAGE

나쁜감독 김기덕
바이오그래피
1996-2009

기획자의 변

기획 : 이동준

북세븐틴에이전시 대표. 번역가. 칼럼니스트.
고려대학교 독문과와 동대학원을 졸업하고 베를린 훔볼트대학에서 독문학, 드라마이론을 전공했다.
지은 책으로 〈Catch the Berlin, 언더 더 베를린〉, 〈위트 상식사전 스페셜〉, 〈연애를 인터뷰하다〉등이
있고, 엮은 책으로 〈홍대앞으로 와!〉가 있다. 옮긴 책으로는 〈서기 1000년의 세계〉, 〈오류와 우연의 과
학사〉, 〈죽기 전에 가봐야 할 1000곳(공역)〉 외 여러 권이 있다. 〈페이퍼〉〈무비위크〉 등 여러 잡지에
칼럼을 연재하고 있다.

한국 영화계에서는 여전히 이단아이고 비주류일 수밖에 없는 김기덕 감독의 이력만큼이나 그의 전기가 만들어진 과정 역시 참 비주류스럽다. 약력에서도 드러나듯 우선 이 책의 저자는 영화평론가도, 영화학과 교수도 아니다. 시나리오를 쓰기도 했지만 본업이 번역가이고 소설가인 저자는 다만 김기덕의 영화를 너무나 사랑하기 때문에 한 사람의 영화팬으로서 이 책을 썼다고 한다. 한국어판을 번역한 베테랑 번역가는 옮긴이의 말에서 자신은 영화에 문외한인 사람이라고 스스로 밝히고 있다. 번역을 하기 전에 최소한의 예의라 생각하고 김기덕의 영화를 열심히 챙겨봤지만 역시나 난해했다고 고백하고 있다. 이 책을 기획과정부터 함께 해온 나 역시 영화를 전공하지도 않았고 영화평론가는 더 더욱 아니다. 말하자면 〈나쁜 감독 김기덕 바이오그래피 1996~2009〉는 영화전문가가 아닌 사람들이 기획을 하고, 저술을 하고, 번역한 책이다.

지금부터 약 1년 전, 우연히 뉴욕의 한 출판사를 알게 되었다. 김기덕 영화의 팬이었던 출판사 대표는 그의 전기를 출간하고 싶다고 했다. 전기 출간을 위해서는 우선 당사자인 김기덕 감독의 동의가 필요했고 이메일 인터뷰도 진행해야했다. 이후 저자와 김기덕 감독 사이에 오가는 질문과 답변을 전달하는 과정이 반년 이상 이어졌고 마침내 뉴욕에서 책이 출간되었다. 원고를 일찍 받아서 작업한 덕분에 한국어판도 불과 몇 주일의 차이를 두고 동시 출간될 수 있었고 조만간 스페인어 번역본도 출간될 예정이다. 이 모든 일들이 불과 1년도 채 안되는 기간 동안에 벌어진 일이다.
저자의 질문지를 전달하기 위해 김기덕 감독과 메일을 주고받으면서 내가 받은 인상은 두 가지였다. 그가 참 성실하다는 것과, 어이가 없을 정도로 솔직하다는 것. 저자가 보내오는 질문들에 그는 최대한 성실하게 답변했고, 매번 솔직한 이야기를 들려주었다. 저자의 원고가 완성될 무렵, 감독에게 책에 수록될 친필 서명과 메시지 한 줄을 부탁하자 서명과 함께 이런 글이 이메일로 날아왔다.

"흰 색과 검은 색은 같은 색이다."

선문답 같은 그의 메시지를 뉴욕의 출판사로 전달하면서 문득 그의 근황이 궁금해졌다. 저자와의 인터뷰에서 그는 현실의 고통이 커진 만큼 "행복하지 않고 계속 더 슬프고 외로운 상태"라는 말을 했다. 이미 참 많은 것을 이룬 것처럼 보이는 그가 여전히 더 슬프고 외로운 이유가 궁금했다.

부제에서도 알 수 있듯이 이 책은 1996년, 그러니까 그의 첫 영화 〈악어〉가 태어난 시점부터 현재까지를 기록하고 있다. 이미 작고한 노장감독의 전기와 이 책의 성격이 전혀 다른 이유는 그 때문이다. 앞으로도 몇 편, 아니 몇 십 편의 영화를 더 만들지 모르는 살아있는 감독을 다루는 책이다 보니 불과 몇 년 후에는 개정증보판을 내야할 지도 모르는 일이다.
하지만 저자와의 이메일 인터뷰를 마치고 난 후, 그리고 김기덕 감독과 또 다시 몇 차례 이메일을 주고받은 뒤에, 난 어쩌면 앞으로 더 이상 필모그래피가 그의 영화 인생에 추가되지 않을지도 모른다는 극단적이고 조심스런 우려감이 생겼다.

김기덕 감독에게 난 이렇게 물었다. 베니스와 베를린 영화제에서 은사자상과 은곰상을 수상한 국제적인 영화감독으로서 2009년 현재를 살아가고 있는 심정은 어떠냐고. 최근에 있었던 안타까운 일에 국한된 질문은 아니지만, 이 모든 상황을 고려했을 때 김기덕 감독은 지금쯤 영화에 대해서 어떤 생각을 하고 있는지가 궁금하다고 했다. ('안타까운 일'이란 지난해 그가 제작한 영화가 130만 관객을 동원하면서 흥행에 성공했지만, 배급사가 수익금을 불법적으로 사용하면서 제작자는 물론 투자자들이 극장수익금을 받지 못하고 결국 법정까지 가게 된 사건을 말한다. 2009년 5월 현재)

영화라면 신물이 나는지, 아니면 영화는 좋지만 영화산업, 영화를 둘러싼 복잡한 '관계'들이 싫은지를 묻자, 그에게 장문의 이메일 답변이 날아왔다. 몇 개의 문장을 제외하고 최대한 원문 그대로 소개한다.

"영화에 대해 더 이상 생각하지 않고 있습니다.
쓰는 시나리오도 없고요.
사람도 만나지 않고요.
지금은 그냥 일주일에 한번 홍천에 가서 포클레인을 운전해 돌을 파고
나무를 심고 그렇게 지냅니다.
홍천에 가지 않는 날은
혼자 야외에 나가 요즘 보기드문 흰색 민들레를 찾아다닙니다.
그제는 흰 민들레 일곱 개를 찾아 행복했습니다.
흰 민들레 씨를 받아 여기저기 뿌리고 다닙니다.

이게 정상인지 모르지만 지금은 영화가 참 우습고 한심합니다.

이런 증상을 보이는 이유가 몇 가지 있겠죠.

요즘은 그냥 인간이 인생이 그런 거라고 알고 있기에

무념무상의 공허한 시간이

오히려 다행이라는 생각도 듭니다.

한계를 느꼈습니다.

이제 뭐가 더 있겠습니까.

이야기와 이미지가 깨달음이 없는 게 아니라

볼 사람, 이해할 생각을 가진 사람들이 없는 게 아닌가 생각합니다.

돈이 가장 많이 드는 표현이 영화인데,

제가 생각하는 영화에 들어갈 그런 돈은 이제 없습니다.

그러나 돈이 문제만은 아니고, 예술이라고 생각한 적도 없고,

영화인들도 그냥 사람이라 다른 분야처럼 복잡하고,

이번 사건으로 좀 끝에 다다른 것도 있고,

아무리 폼 잡아도 결국 썩은 자본주의로 모이는 물고기 떼,

그 안에 우리,

뭐 어쩌겠습니까.

용서보다는 잊어야지요.

다 각자의 문제죠.

기대하지 않습니다.

법도, 양심도,

다 사는 것이죠.
오늘 보니 베를린과 베니스에서 받은 은곰과 은사자가
벌써 몇 년 째 닦지 않아 검은 때가 깊게 끼었네요.
흰색과 검은 색은 같다."

그가 메가폰을 잡은 영화 가운데 최고의 흥행작이었던 〈나쁜 남자〉가 70만 관객을 동원했던 사실을 감안하면, 제작자로 참여한 영화의 관객이 130만 명이었다는 건 정말로 경이적인 수치이다. 최소한의 자본으로 최단기간에 영화를 만드는 '김기덕 스타일'을 감안하면 새로운 영화를 몇 편은 만들 수 있는 수익금을 가져다준 '대박'이었다. 그런 수익금을 받지 못하고 있다는 건 아무리 생각해도 안타깝고 억울한 일이 아닐 수 없다.

하지만 김기덕 감독은 영화에 대한 생각을 더 이상 하지 않고 있는 이유가 꼭 돈 문제만은 아니라고 했다. 그렇다면 영화를 이해할 생각을 가진 관객이 없는 현실, 혹은 결과적으로 어차피 모두 사람이라 자본주의의 논리 앞에서 실망스런 모습을 보이는 영화인들 때문이었을까.

2006년, 〈시간〉의 개봉을 앞두고 열린 기자 시사회와 간담회 자리에서 김기덕 감독은 어쩌면 〈시간〉이 한국에서 마지막으로 극장에서 볼 수 있는 자신의 영화가 될지도 모른단 얘기를 한 적이 있다. 한국은 〈시간〉을 판매한 30개국 나라 가운데 하나일 뿐이며 〈시간〉의 흥행 성적에 따라서 한국에 자신의 영화를 판매하는 것 자체도 마지막이 될 수 있다는 '무서운' 발언도 했다. 물론 그

내용만 놓고 보면 자유의지로 입장료를 지불하고 영화를 보는 관객들에게 자신의 영화를 보지 않으면 앞으로 새 영화는 안 보여주겠다는 협박처럼 들릴 수 있다. 하지만 감독 스스로 말했듯 그건 협박이 아니라 "불평불만" 이기도 했지만 "하소연" 이기도 했다. 김기덕 감독은 지금까지 그의 영화들이 미국과 독일, 프랑스에서 20만 이상의 관객을 동원했던 사실을 예로 들면서 〈시간〉의 관객 수가 20만은 넘어주기를 바란다는 이야기로 말을 맺었다. 김기덕 감독이 바라던 20만 관객은 너무 많은 숫자였을까?

저자의 말을 인용해본다.

"영감으로 충만한 그의 영화들이 국제 영화제라는 작은 공간에 갇혀 있다는 건 어느 모로 보나 손실일 수밖에 없다. 더욱이 대형영화제의 상을 수없이 휩쓴 그의 작품들이 이런 식의 흥행 참패로 끝나는 현실 역시 불공평할 뿐만 아니라 믿기 어렵기까지 하다."

"믿거나 말거나, 그의 영화는 유럽과 미국에서는 대형 블록버스터지만 한국에 서는 규모가 작은 추종자들만 찾는 것으로 잘 알려져 있다."

블록버스터라는 말은 물론 과장된 느낌이 있지만 소규모 자본으로 완성된 한국의 작가주의 영화가 미국과 유럽에서 20만 이상의 관객을 동원했다면 어떤 의미에서 크게 틀린 말도 아니다. 국가적 차원에서 세금을 쏟아 부으며 문화수출을 하려고 노력해도 이만한 국위선양을 하기 어려운 국제사회에서의 치열한 경쟁을 감안하면 더욱 그렇다. 그만한 가치를 지니고 있는 영화가 국내에서 최소한 20만의 관객을 동원하지 못해온 현실은 영화 관람 취향에 따른 호불호를 떠나서 우리가 너무 영화를 편식해온 건 아닐까라는 자기반성을 해보게 만든다. 물론 할리우드 영화나 흥미 위주의 영화에 길들여져 있는 관객에게 억지로 김기덕 영화를 보라고 강요할 수는 없다. 하지만 이미 그의 영화를 사랑하는 소수의 관객들조차 그의 영화를 볼 수 있는 최소한의 극장이 없었던 건 아닐까라는 의구심도 생긴다.

영화관에 가는 관객들이 이왕이면 기분 좋게 극장을 나설 수 있는 영화를 선호하기 때문에 그의 영화가 외면당할 수밖에 없었다는 평가도 있다. 하지만 세상에는 부조리한 삶의 현실, 잔혹한 사건을 다루고 있는 영화도 넘쳐난다. 문제는 영화적으로 예쁘게 포장을 하느냐, 아니면 날 것 그대로 치열하게 보여주느냐의 차이일 것이다. 조금은 투박하고 거칠더라도 김기덕은 그게 현실이라면 최대한 있는 그대로 보여주는 감독이라고 나는 생각한다. 저자와의 인터뷰에서 그가 "유명한 배우가 출연해서 영화가 잘되는 것보다 그 배우가 누구인지 모르고 영화를 다큐멘터리처럼 보는 게 더 중요" 하다고 답했던 건 그런 맥락이 아니었을까.

어쨌거나 김기덕 감독에 대한 애정이 듬뿍 담겨있는 아르헨티나 출신 저자의 글을 읽으면서 과연 우리나라 영화전문가 가운데 누가 김기덕 감독을 이토록 옹호해주고 그의 등을 쓰다듬어준 적이 있는지 다시 한 번 돌이켜보지 않을 수 없다.

며칠 전, 홍상수 감독의 새 영화 〈잘 알지도 못하면서〉를 보고 영화관을 나오면서 다시 김기덕 감독을 떠올렸다. 영화의 주제나 스타일이 김기덕 감독과 비슷해서는 결코 아니었다. 두 사람 모두 작가주의 감독이지만 평단에서는 한 사람을 극찬하고 한 사람은 대부분 혹평해왔다. 한 사람은 인텔리계층으로 통하는 감독이고 한 사람은 배우지 못한 감독이다. 내가 김기덕 감독을 떠 올린 건 앞뒤 문맥과 상관없이 다만 영화 속 여주인공의 마지막 대사 두 마디 때문이었다. "잘 알지도 못하면서…… 딱 아는 만큼만 안다고 해요."

전통과 권위를 자랑하던 영화잡지들이 하나씩 폐간되고 있는 최근의 상황은 단순히 경제위기만 탓할 수 없는 우리나라 영화산업 아니, 영화문화의 현실이다. '대박영화=천만 관객'의 시대를 일찌감치 돌파했음에도 불구하고 영화잡지들은 하나씩 폐간될 수밖에 없었던 진짜 이유를 나는 알지 못하지만, 한 가지 확실한 건 그만큼 영화평론가들의 입지도 좁아질 수밖에 없을 거라는 사실, 그리고 평론가들 자신도 이러한 상황까지 오는데 직간접적으로 일조했다는 혐의로부터 자유로울 수 없다는 사실이다.

평론가들과 김기덕 감독의 불편한 관계는 어느 영화담당기자가 표현한 바와 같이 이미 "악어가 뭍으로 기어 올라오면서부터" 시작됐다. 당시만 해도 평론가들은 김기덕 감독의 등장에 대해 무관심했다. 하지만 일반인의 상식으로는 상상조차 할 수 없는 속도로 새로운 영화가 해마다 나오면서 서서히 그는 평단의 주목을 받게 됐지만 호의적인 평가와는 거리가 멀었다. 특히 〈파란 대문〉과 〈섬〉같은 영화에 등장하는 잔혹한 장면, 여성이 성적으로 학대당하는 장면에 대해 일부 여성 평론가들의 혹평이 쏟아졌고 심지어 "사이코"나 "백해무익한 감독"이라는 비난도 감수해야 했다. 이런 혹평에 대해 김기덕 감독은 "내가 묘사하는 삶들을 본 적이 있느냐. 내 영화에 들어있는 간절한 메시지를 진심으로 들여다 본 적이 있느냐"고 항변하기도 했다. 김기덕의 영화는 주류(제도권 안)에 머물고 있는 사람들에게 비주류(제도권 밖)에 머물며 잔혹한 현실을 살아내고 있는 계층이 보내는 메시지라는 사실을 영화 평론가 김소희는 이렇게 표현한 적이 있다.

"김기덕에게 있어서 그 자신의 삶과 영화, 그리고 잔혹함은 불가분의 관계를 맺고 있다. 그가 표현하는 잔혹한 삶의 현실들을 관객들은 두려워하고 비평가들은 혐오하지만, 그의 영화에 나타나는 에너지들이 어둡고 잘못된 것이라면 그건 김기덕의 잔혹함이라기보다는 우리들 삶과 사회의 잔혹함 때문일 것이다.(중략) 그래서 그는 모든 영화 속에서 "나의 공간에 제도권 사람들을 납치한 뒤 나도 인간임을 소개하고 위악적인 상황을 용서하게끔 만드는 악수를 청하는 일"을 반복한다."

평론가 김소희의 글은 저자의 글과도 일맥상통한다.

"리얼리티의 고통이 더욱 심해졌다. 그 '리얼리티'라는 개념은 너무도 많은 출구를 가리키고 있다. 한편으로 우리는 모두가 사적인 리얼리티의 거품 안에서 살고 있다. 다른 한편 거품은 투명하기까지 하다. 갈수록 척박해지는 바깥 세계를 보지 않을 도리는 없다. 그리고 그로 인해 우리의 고통은 더 악화된다."

하지만 많은 평론가들은 그가 투박한 방식으로 내미는 손을 잡아주지 않았다. 오히려 그의 영화에 대해 인색한 평가를 내리거나 혹평을 가해왔다. 심지어 해외 영화제에 그의 영화들이 출품되고 매번 화려한 수상경력이 추가될 때조차도 언론과 비평가들의 평가는 충분히 이루어지지 않았다고 나는 생각한다. 한 사람의 관객으로서 그의 영화를 볼 때마다 난 '현실을 이렇게 극단적으로 거칠고 치열하게 표현할 수도 있구나.' 라고 생각했다. 물론 극장을 나올 때마다 나 역시 기분이 좋지 않았던 건 사실이다. 하지만 솜사탕 같은 영화, 감동을 주는 영화와는 또 다른 느낌으로 새로운 영화를 경험했다는 만족감을 얻었던 것도 사실이다.

김기덕 감독은 저자와의 인터뷰에서 영화에 대해서 많은 질문을 받는 게 좋은 것은 아니며 "그냥 느끼고 이해하고 공감한다면 굳이 설명할 필요가 없다"고 했지만 대부분의 평론가들은 느끼기 전에 우선 분석하고 비판하고 이해하면서 그의 영화를 본다. 이런 관람태도가 평론가의 타고난 사명이라 할지라도, 애정이 전제되지 않은 삐딱한 시선으로 분석의 칼날부터 들이대는 자세가, 그들이 지면에 발표해온 난해한 글들이 김기덕 영화에 대한 일반 관객들의 접근을 가로막는 걸림돌이 되지는 않았을까?
많은 평론가들이 그와 대화를 하면서 '영화적 문법' 이나 '영화미학' 을 들이댔지만 그럴 때마다 김기덕 감독은 초연하고 무관심하게 반응했다. 그런 건 신경

쓰지 않는다는 태도를 보였고, 그럴수록 점점 더 미운 털로 온 몸을 스스로 무장해왔다. "돈이 문제만은 아니고, 예술이라고 생각한 적도 없"는 감독, 중요한 건 '아는 게' 아니라 '느끼는 거'라고, 최소한 20만의 관객이라도 내 영화를 봐달라고 하소연하던 감독 김기덕은 이제 심지어 외부와의 소통을 끊고 흰 민들레를 찾아 들판을 돌아다니고, 포클레인에 앉아 몸으로 노동을 하고 있다.

> "우리는 모두 빈 집이다.
> 굳게 잠긴 자물쇠를 누군가 열고 들어와
> 나를 해방시켜주기를 간절히 기다리는⋯⋯."
> - 영화 〈빈집〉 프로덕션 노트 중에서

1999년, 베를린에서 김기덕 감독을 처음 만났다. 정확히 말하자면 만난 게 아니라 스쳐지나갔다고 해야 맞다. 영화제가 한창이던 2월, 베를린에 유학중이던 나는 통역 일을 하기 위해 영화제 필름마켓을 뛰어다니다가 허름한 군용점퍼 차림에 모자를 눌러쓰고 건물 기둥에 엽서를 붙이고 다니는 그를 처음 보았다. '포스터도 아니고 엽서를 붙이고 다니다니. 저 사람은 도대체 누굴까?' 동행하고 있던 한국 감독에게 물어보았더니 김기덕 감독이라고 했다. '아, 저 사람이 〈악어〉를 만든 그 감독이구나.' 속으로 그랬다. 그가 만든 세 번째 영화 〈파란대문〉이 베를린 영화제 파노라마 부문에 초청을 받은 해였다. 이후로도 〈나쁜 남자〉와 〈사마리아〉가 베를린 영화제에 초청을 받을 때마다 이런저런 인연으로 난 항상 먼발치에서 그를 지켜보았다. 하지만 내 기억속의 김기덕 감독은 아직도 하얀 기둥에 엽서로 파란 대문을 만들고 다니던 사람으로 여전히 남아 있다.

그리고 다시 2009년 현재, 지금 그가 머물고 있는 곳이 캄캄한 동굴 속인지, 다시는 떠오를 수 없는 깊은 심연인지는 모르겠다. 아니면 그의 방식으로 흰 민들레를 찾으면서 정말로 마음의 평화를 얻어가고 있는지도 모르겠다.

만일 김기덕 감독이 현실과 타협하고 좀 더 영악하게 탈출구를 찾았다면 지금쯤 그의 입지는 더욱 탄탄해졌을지 모른다. 제도권의 품에 안겨서 좀 더 안락한 환경 속에서 지금 이 순간에도 영화를 만들 수 있었을지 모른다. 하지만 저자의 말처럼 "굽히기 보다는 부러지는 쪽을" 택하며 미련할 정도로 소신을 지켰던 감독 김기덕은 더 이상 영화에 대해 생각하지 않는 시간을 보내고 있다. 이단아 취급을 받는 비주류 감독이 볼멘소리로 내뱉는 투박한 불평불만에 대해 약간의 관용도 베풀지 않는 주류사회, 불편한 영화는 그 가치를 떠나서 일단 외면하려는 대다수의 관객, 그리고 느낌보다는 학교에서 배운 분석이론에 의지하는 평론가들 모두에게 등을 보이고 돌아앉아있다. 우리 중에 누가 제일 먼저 굳게 잠긴 자물쇠를 열고 들어가서 그에게 손을 내밀까?

지난 1년 가까운 시간동안 메일을 주고받으며 내가 겪어본 김기덕 감독은 흔히 평단에서 평가하듯 예민하고 공격적인 사람이 결코 아니었다. 영화와 관련된 질문에 대해서는 자신을 방어하고 냉철하게 대응했지만(이 세상의 어느 영화 감독이 그렇지 않을까!) 어느 한 순간도 진솔하지 않은 적이 없었고, '죄송하다' 와 '감사하다' 는 말에 인색한 사람도 결코 아니었다.

언젠가 그의 전기가 다시 쓰이는 날에는 지면이 모자랄 정도로 그의 필모그래피가 풍성하게 늘어나있기를 바라는 마음으로, 그래서 김기덕이 아니면 불가능한 새로운 영화들을 계속 볼 수 있기를 바라는 간절한 마음으로 오래전 영화평론가 김소희가 묘사한 김기덕 감독에 대한 평가로 이 글을 마무리할까 한다. 몇 년이 지난 지금의 상황에 오히려 더 잘 어울리는 글이라 생각되기 때문이다.

"김기덕이 그리워하는 것은 그의 마음을 해치지 않으면서도 그의 거친 내면을 섬세하게 만들어주고 매끄럽게 해줄 손길, 그를 격려하면서도 동시에 잘못을 지적해주는, 그러나 비판적 악의에 가득 찬 방법이 아니라 함께 만들어가면서 도와주는, 그의 생각을 함께 생각하려고 애쓰고 그의 과도한 꿈들을 어리석다고 비웃지 않는 친구일 것이다."

"그래서 여전히 저는 궁금합니다. 제 미래의 생각과 제 영화가."

KIM KI-DUK
ON MOVIES,
THE VISUAL
LANGUAGE

나쁜감독 김기덕
바이오그래피
1996-2009

인터뷰 [전문]

편집자 주: 저자 서문에도 소개되었듯이 인터뷰는 뉴욕의 핀토북스 출판사를 통해서 저자가 보내온 질문을 김기덕 감독에게 전달하고 다시 답변을 받아서 뉴욕 출판사를 거쳐 저자에게 전달하는 방식으로 진행되었다. 상당부분은 이미 저자의 글에서 인용되었지만, 2009년 현재를 살아가고 있는 김기덕 감독의 생각을 읽을 수 있는 소중한 자료가 될지도 모른다는 믿음으로 저자와 감독 사이에 오간 인터뷰 내용 전문을 한국어 번역본에 특별수록하게 되었다.

약간의 오타수정 외에 김기덕 감독의 목소리를 최대한 충실하게 옮겼음을 밝힌다. 인터뷰 정리 이동준

[마르타 쿠를랏 VS 김기덕 감독 인터뷰 전문]

어떤 상황에서 어떤 계기로 처음 영화 일에 관심을 갖게 되셨습니까?

33살에 프랑스에서 그림을 그릴 때 세편의 영화를 보았습니다. 조디 포스터가
나온 〈양들의 침묵〉, 레오 카락스의 〈퐁네프의 연인들〉, 마그리트 뒤라스(원작)
의 〈연인〉. 이 세편의 영화는 저에게 어떤 꿈을 갖게 했습니다. 이전에는 영화를
제대로 본적이 없었습니다. 저는 16세부터 늘 공장에서 일을 했습니다. 자동차
폐차장, 단추공장, 전자공장, 건축공사장 등에서 일하며 늘 피곤하게 살았습니다.
그러나 공장 생활로 얻은 기계에 대한 지식과 원리는 영화를 만드는데 큰 도움이
되었습니다. 오랫동안 15편의 저예산 영화를 만들 수 있었던 것도 공장에서의
노동에서 배운 것입니다. 어쨌든 위의 세편의 영화는 저에게 너무나 신선한 충격
이었습니다.

한국에 계실 때 영화를 보지 않은 특별한 이유나 사연이 있습니까? 감독님의 영화에 지대
한 영향을 주었던 세편의 영화를 왜 파리에 도착하고 나서야 보게 됐는지요?

저는 오랫동안 공장에 다니면서 문화와는 거리가 먼 삶을 살았고 영화는 정말 판
타지라고 생각했습니다. 영화란 대학을 나와야 볼 수 있는 문화이고 저처럼 공장
에 다니는 사람은 봐도 이해할 수 없는 차원이라고 늘 생각했던 것 같습니다.

서울(한국)에는 극장이 많은 것으로 알고 있습니다. 파리에서 처음으로 영화를 보기 전까지

영화는 의미 없는 엔터테인먼트라고 생각하셨습니까?

그렇게 생각했다고 생각합니다. 어쨌든 영화란 저에게 너무 멀고 다른 세계였다고 생각해서 볼 생각도 못했습니다.

왜 파리를 선택하셨는지요? 예를 들면, 런던이나 로마 같은 유럽의 도시들도 60년대부터 이미 새로운 형태의 예술과 인간의 고충에 관한 진보적 접근을 시도하고 논쟁하던 곳이었는데요.

제가 그림을 좋아했고 한국에는 '그림!' 하면 파리라고 생각하는 경향이 있었습니다. 일단 프랑스에만 있었던 게 아니고 유럽 대부분의 미술관을 다 다녔고 많은 그림과 조각 사진을 보았고 그 모든 게 저의 영화 작업에 영감을 주었습니다. 특히 미술관의 작품보다는 거리의 동상이나 과거의 흔적들이 저에게 큰 영감을 주었습니다. 특히 헝가리의 이름 없는 마을에 있던 동상들이 더욱 그랬습니다.

감독님의 파리선택은 그 이전에 가지고 있던 확신감에 근거한 장소였습니까?

꼭 파리가 아니라 유럽이라는 사회와 문화가 저에게 어떤 자신감과 확신을 주었습니다. 저를 한국이라는 사회의 계급 속에 한 종류가 아니라 한 인간으로 독립된 충분한 인간이라는 믿음을 주었고 그래서 용기를 내어 나 자신에 내재한 의식과 조형을 끌어낼 수 있었다고 생각합니다.

파리에 체류하는 동안 언어는 불어로 소통을 하셨습니까?

아주 조금 명사와 동사를 외워 생활했습니다. 언어를 모른다는 게 다행일 때도 있고 답답할 때도 있지만, 그 사회와 역사를 너무 깊이 알고 싶지는 않습니다. 이미 그 사람들의 표정과 행동을 통해 많은 것을(!) 알 수 있었습니다. 지금도 영어나 유럽 언어를 모른다는 게 다행이라고 생각합니다. 영화에 대해서 많은 질문을 받는 게 좋은 것은 아니라고 생각합니다. 그냥 느끼고 이해하고 공감한다면 굳이 설명할 필요가 없습니다.

파리를 기점으로 감독님의 인생이나 영화를 만드는 일에 있어서 '전'과 '후'로 구분시켜 주는 어떤 심경의 변화가 있었으리라 짐작하는데, 그 부분이 가장 궁금하고 신기합니다.

그것은 프랑스 생활입니다. 그림을 그리며 프랑스에서 생활하면서 영화를 처음 보게 되었고 그때 문화적 충격을 받았습니다. 영화 속 이야기가 제 상상과 크게 다르지 않았고 그래서 관심을 가지게 되었습니다. 두 번째는 프랑스의 사람들인데 부랑자나 누구나 모두 자기의식을 갖고 자신 있게 살아가는 것을 보면서 저도 자신감을 가졌고 그렇게 영화를 보면서 영화 시나리오를 쓰고 싶었고 한국에 돌아가 영화 일을 시작했습니다.

처음 영화 일을 시작하겠다고 결정하셨을 때, 배우가 아니라 감독이 되어야겠다는 느낌이 곧바로 왔습니까?

아닙니다. 프랑스에서 93년 돌아와 시나리오 학원에 등록하고 시나리오를 공부하기 시작했습니다. 그 당시 많은 사람들이 시나리오를 같이 공부했는데 모두 대학을 나온 사람들이고 전공도 문학이 많았습니다. 나는 대학을 나오지 않아 시나리오 문법에 대해서 동료들에게 많이 배웠습니다. 저는 그 당시 다시 노동을 하지 않으면 살 수 없었기에 시나리오를 일처럼 매일 썼습니다. 한 달에 장편 시나리오 한편씩을 썼습니다. 아니면 다시 공장으로 돌아가 노동을 해야 하기에 빨리 시나리오 작가가 되어 내가 쓴 시나리오가 영화가 되어 작가가 되어 공장으로 돌아가고 싶지 않았습니다. 그렇게 약 10편의 장편 시나리오를 쓰다가 공모전에 당선이 되었고 1년 후 제가 쓴 시나리오로 감독이 되었습니다. 그러나 영화공부를 따로 하거나 연출부를 거치거나 하지 않았기 때문에 많은 시행착오를 했습니다. 그래서 초반에 찍은 필름은 다 버렸습니다. 그리고 약 4개월간 찍어 완성한 영화가 〈악어〉이고 방법은 어설프지만 영화는 의미가 있다는 평을 얻었습니다. 그러나 여성비평가들에게는 강간 영화라고 규정되었고 아직까지 제 영화를 여성비하 영화로 생각하는 사람은 있습니다.

페미니스트들이 감독님 영화에 대해 화를 내거나 불쾌해하는 이유가 뭐라고 생각하십니까?

페미니스트는 한사람의 여자부터 여성운동가, 여자 대학 등 다양한 종류가 있다고 생각합니다. 단체의 경우 어떤 영화가 그들의 깃발이 되기도 하고 제 영화의 경우 그들의 정치적 목적이 되기도 합니다. 제 영화의 한 장면만 그들의 이데올로기에 필요한 경우도 있지만 영화 전체를 보면 오히려 제가 페미니스트라고 볼 수 있다고 생각합니다. 그러므로 다양한 해석이 있다고 생각합니다. 제 영화를 여성비하의 모델로 삼든 무기로 삼든 다 그들 각자의 문제라고 생각합니다. 그들이 불쾌하다면 그건 페미니즘의 운동만 생각하고 인생전체를 잘 알지 못하기 때문입니다. 저는 여자에 대한 영화를 만들기보다 사람에 대한 영화를 만든다고 생각합니다.

시나리오 공모전에 당선되기 전까지 가족, 친구, 지인 등을 통한 지원을 받으셨나요? 주변 사람들이 정신적, 물질적인 도움을 주었습니까?

제 주변에 가족이나 친지, 친구들은 제가 영화를 하는 줄 몰랐고 도움을 줄만한 사람들이 아니었습니다. 가족들은 생활비 때문에 시나리오 쓰는 것을 반대했고 저는 길거리에서 사람들의 초상화를 그려주면서 거리에서 타자기를 안고 시나리오를 썼습니다. 사람들이 대학 나온 사람들도 못하는 것을 한다고 포기하라고 한 적도 많습니다. 그러나 저는 거리에서 그림 그리는 것이 너무 창피했습니다. 늘 모자를 눌러쓰고 얼굴을 가리고 시나리오를 썼습니다. 어떤 사람은 이렇게 말했습니다. 김기덕 씨가 작가가 되면 자기 손에 불을 붙이겠다고 했습니다. 저는 그 사람이 손에 불을 붙이든 안 붙이든 관심 없고 저는 하고 싶은 말이 너무 많았습니다. 왜 인간은 이렇게 몸과 마음이 힘든지 저는 알고 싶었습니다. 그래서 시나리오를 쓰고 싶었습니다.

시나리오 작가로 영화계에 입문하신 얘기는 잘 들었습니다. 그런데 그런 감독님의 시나리오를 읽을 의향이 있는 사람들과 또 영화감독으로서 시작의 계기를 준 사람들을 어떻게 만나셨는지요?

한국의 시나리오 작가 교육원에서 약 1년간 공부를 할 때, 모두 대학출신들이고 저만 최종학력이 초등학교 졸업이라 겁을 많이 먹었지만 제가 다른 학생보다 이야기를 잘 꾸미는 건 교수님도 칭찬을 했습니다. 영화감독이 된 건 아주 우연인데, 공모전에 당선되고 여러 사람을 알게 되면서 감독이 되었지만 좋은 기억은 아닙니다. 그 사람들은 제 영화가 목적이 아니라 돈이 목적이었던 거 같고, 저는 그렇게 만든 영화가 주목을 받게 되어 지금까지 왔습니다.

감독님의 작품 가운데 가장 애착이 가는 작품이 특별히 있으신지요? 있다면 무엇입니까? 그리고, 그 작품이 감독님께 특별한 이유가 있다면 무엇인지요?

특별히는 없습니다. 모두 그때는 중요하게 그 영화에 대한 고민을 하고 살았다고 생각합니다. 그래도 하나 꼽으라면 첫 영화 〈악어〉일 것 같습니다. 저에게 미지의 세계를 처음 알려준 영화이고, 투박하고 거칠지만 가장 솔직하게 그때의 제 생각을 표현했다고 생각하고 지금 생각하면 참 순수했다고 느껴지는 영화입니다.

감독님의 작품에 영감을 준 것이 있다면 작품별로 간단히 설명해주시면 감사하겠습니다.

인간인 것 같습니다. 저는 직접 간접적으로 많은 인간을 만나고 또 지켜보고 관찰하면서 이미지와 이야기를 얻습니다. 첫 영화 〈악어〉나 〈나쁜 남자〉 〈섬〉 등은 인물에 대한 영화입니다. 과거의 깊은 상처로 인해 현재를 방어적으로 사는 인간의 모습을 담았고, 두 번째는 사회인데, 〈수취인불명〉 〈해안선〉 등은 군대라는 것이 사회와 어떤 관계를 가지는지를 보여주려고 했고, 세 번째는 〈봄 여름 가을 겨울 그리고 봄〉 이후의 영화들인데 인간과 사회보다는 인간의 의식적 경지를 고민한 영화입니다. 이전의 영화들이 근시적으로 불행과 행복에 대한 이유들을 다루었다면 〈봄 여름 가을 겨울 그리고 봄〉부터 인간을 포함한 자연계의 큰 현상에 대해 원리에 대해 고민하는 영화가 아닌가 생각합니다. 그 원리와 고민을 통해 새로운 인간의 의식적 경지를 발견하고 싶었다고 생각합니다.

아직 경지에 도달하지 못했고 못할 수도 있지만 영화를 통해 가는 그 길은 참 흥미롭습니다. 최근 〈비몽〉을 통해 조금 가능성을 보았다고 생각합니다. 결국 경지라는 것도 막상 다다르면 초라하고 제자리로 돌아오는 것이겠지만, 그렇게 크게 한 바퀴 돌아 제자리로 와서 인생을 깨닫는 것이 중요한 것이라고 생각합니다.

과거에 화가로 생활하신 경험이 감독님의 영화 미학에 영향을 미쳤다고 생각하십니까? 감독님의 영화 속에는 일반적으로 대사가 적은데 감독님의 화가적인 감각과 연관성이 있습니까?

영화는 한때 조금했던 미술, 음악, 또는 그 외에 잠시 몸담았던 기술적인 환경보다는 의식이라고 생각합니다. 그림을 그렸고 사진을 찍었기에 도움이 된 부분도 당연히 있겠지만 저는 제가 살았던 공간, 만났던 사람들이 가장 큰 영향을 주었다고 생각합니다. 저는 의도적으로 대사를 줄이려고 하지는 않습니다. 다만, 침묵도 대사라고 생각합니다. 침묵은 가장 다양한 의미의 대사입니다. 그리고 다음으로 웃음과 울음도 아주 훌륭한 대사라고 생각합니다. 입에서 나오는 말도 늘 중복적인 의미가 있습니다. 저는 영화의 소재에 따라 대사의 의미가 늘 다르다고 생각합니다.

작품을 구상하실 때 첨단 기술이 적용되는 부분이 있나요? 있다면 어떤 부분인가요?

저는 아직 아날로그 이야기와 아날로그 기술이 좋습니다. 그러나 때로 그래픽이 필요한 경우 그렇게 편견을 가지고 있지는 않습니다. 최근영화들은 그런 기술을 좀 사용하고 있습니다.

감독님의 영화가 국내보다 해외관객과 비평가들에게 더욱 잘 어필되는 이유가 뭐라고 생각하십니까? 외국인들이 감독님을 선호하는 데 이유가 있다면 무엇이라고 생각하십니까?

저는 제가 보고 느낀 것을 영화로 만들었습니다. 저는 남이 쓴 소설이나 책을 읽지 않습니다. 그렇게 인생을 살면서 내가 느낀 모순에 대해 늘 질문을 했습니다. 왜? 그러한 질문이 제 영화이고 그것을 해외 비평가들이 관심을 가졌다면 그들도 나와 같은 질문을 하며 삶을 살아가고 있기 때문이라고 생각합니다.
제 영화는 대답을 내놓는 영화가 아닙니다. 질문을 던지는 영화입니다. 저는 영화로 철학자나 권력자가 되고 싶지 않습니다. 우리가 살고 있는 세상에 대해 슬퍼하고 분노하며 이해하고 노력하고 그러면서 결국 초월하고 싶습니다. 그래서 영화를 만들고 영화를 만드는 시간동안 너무나 고통스럽고 슬프며 행복합니다. 제 영화를 통해 그것을 느끼는 분들이 있다면 그 사람들 또한 저와 같은 기분으로 삶을 살아간다고 생각합니다. 표현은 이미 정해진 도덕과 윤리를 넘어서는 새로운 경지로 간다고 생각합니다. 세상은 빨간불과 파란불로 우리를 통제하지만 표현은 무수한 색깔을 가지고 있다고 생각합니다.

감독님께서 작품, 즉 예술에만 전념하고 계시다고 제가 이해하면 맞는 것일까요? 또 감독님은 인정을 받고 유명해지고 부를 누리게 되셨지만 결코 이 세 가지가 감독님이 의도하신 것은 아니라고 생각해도 되겠습니까?

인간은 삶에서 고민이 깊어질 때 글을 쓰고, 시를 쓰고, 그림을 그리고, 작곡을 하고 영화를 하지 않나 생각합니다. 저 역시 삶속에서 이야기와 이미지를 얻는다고 생각합니다. '예술에만 전념'이라는 것은 없다고 생각합니다. 앞에 언급했듯이 만나는 사람과 사회 현상 또는 뉴스 등을 통해 저는 뭔가 하고 싶어집니다.

제가 유명해지고 돈이 생기고 인정을 받고 안전하게 사는 것은 위험하다고 생각합니다. 그러나 피할 수도 없다고 생각합니다. 그러나 인간은 각 계급적 계층마다 세상을 보는 눈이 다르고 모순도 다르기에 또 다른 영화가 가능하다고 생각합니다. 그것 역시 제 삶의 변화에 따라 조금씩 변해 왔다고(!) 생각합니다.

누군가는 제 초창기 영화가 좋다고 하지만 그런 것은 중요하지 않습니다. 또 누군가는 처음이나 지금이나 달라진 게 없어서 지루하다 하지만 그것도 중요하지 않습니다. 저의 영화 작업은 애초 저의 삶의 모순에서 출발했기에 관객의 필요에 의해서 변할 필요는 없다고 생각합니다. 영화를 만들면서 가장 유혹받는 게 대중성인데, 결국 그것보다 중요한 게 있다는 것을 깨닫게 됩니다. 그래서 12년 동안 15편의 제 생각의 변화를 만들어 왔다고 생각합니다. 어쨌든 유명해지고 안정되게 사는 것은 많은 것을 방해하지만, 그래도 유명하고 돈이 있고 인정받는다는 것 자체를 자세히 분석해 보면 그게 그렇게 놀라운 것은 아닙니다. 그 안전함에는 더 많은 슬픔이 있고 위선이 있고 패배감이 있고 초라함이 있습니다. 그저 하늘에서 내려다보면 누가 크지도 작지도 않습니다. 그래서 저의 근본적인 고민은 흔들리지 않습니다. 그러한 것들(!)은 결국 이미지와 이야기의 더 많은 정보일 뿐입니다.

감독님처럼 많은 위대한 예술인들이 자신의 분야에서 체계적인 훈련이나 교육을 받지 않고 현장에서 일을 해서 위대한 예술가가 되었습니다. 그런데 만일 감독님이 체계적인 영화 교육을 받았다면, 감독으로서의 지난 힘든 과정들이 좀 더 쉬웠을 거라고 생각하십니까? 만일 그렇다면 어떤 부분이 지금까지의 과정보다는 더 수월했을까요?

이미 저는 돌아갈 수 없습니다. 그리고 지금의 제가 표현하는 방식에 저는 만족합니다. 저는 영화를 체계적으로 배우지 않았지만, 그 시간에 인간과 삶과 다양한 기계의 기능을 배웠습니다. 저는 기계의 원리 안에 인간의 원리가 들어있고, 자연의 오묘함에 인간의 감성이 들어있다고 생각합니다. 저의 가장 큰 스승은 자연입니다. 제가 학교에서 지루하게 유럽 영화사를 외웠다면 다른 감독들과 다름없거나 감독이 되지 않았을 거라고 생각합니다. 저는 제가 아는 한도 안에서 그냥 자유롭게 표현하고 싶습니다. 저는 아직 모르는 게 많다는 게 참 행복합니다.

다시 초창기 이야기를 묻겠습니다. 파리 생활을 마치고 한국으로 귀국하던 당시에 정말로 영화 쪽 일을 할 수 있을 거라는 확신이 있었습니까?

영화를 한다는 것은 쉽지 않을 거라고 생각했습니다. 저는 제가 쓴 시나리오가 영화가 되기를 바라고 시나리오를 썼습니다. 그렇게 시작한 것이 이렇게 감독까지 하게 되어 운명에 감사할 뿐입니다. 지금 생각하면 영화를 배우지도 않고 그렇게 영화를 찍은 것을 보면 제가 참 무모했고 용감했다고 생각합니다.

초기에 작품을 제작하실 때에는 어떻게 배우를 선택하셨나요? 그리고 과거와 현재에 배우를 선택하는 방법이나 과정이 달라졌나요? 달라졌다면 어떻게 달라졌습니까?

저는 제 영화에 꼭 맞는 배우가 있다고 생각하지 않습니다. 누구든 제 시나리오를 이해하고 서로 시간이 맞는다면 가능합니다. 유명한 배우가 출연해서 영화가 잘 되는 것보다 그 배우가 누구인지 모르고 영화를 다큐멘터리처럼 보는 게 저는 더 중요합니다. 저는 배우를 먼저 생각하기보다 늘 시나리오에 집중해 있습니다. 감독이 화가라면 시나리오는 붓이고, 배우는 물감이라고 생각합니다. 그렇다고 화가의 역할이 크고 물감이 작다는 뜻은 물론 아닙니다.

많은 예술가들이 특정한 관객들을 염두에 두고 작업을 합니다. 감독님도 그렇게 작업을 하십니까?

앞에서도 말했듯이 저는 제가 인생을 살면서 느끼는 모순을 영화로 만들고 싶습니다. 관객이라는 것도 다 허상입니다. 실체가 없다고 생각합니다. 우리는 다수라는 것에 끌려가면서 또 다른 다수를 만들고 그 허상의 노예로 살아가는데, 진정한 표현은 그렇게 하면 안 된다고 생각합니다. 저에게는 물고기 떼처럼 몰려다니는 노예 관객은 필요 없습니다. 저는 영화를 통해 일대일로 이야기 하고 싶습니다. 그가 한국 사람이든 미국 사람이든, 유럽 사람이든 아프리카든, 아랍이든 남미든 상관없습니다."

제가 이해하기로는 감독님의 최근작품들이 인생의 어둡고 쓰라린 부분에 집중하기 보다는 더 나은 자신의 모습을 보고 싶어 하는 관객의 인간성을 반영하는 방향으로 바뀌어가는 듯합니다. 근래 작품에서 이런 변화가 생긴 이유가 궁금합니다.

저는 처음부터 제가 살고 있는 세계의 모순에 관한 영화로 만들고 있고 그 모순을 넘어서는 경지로 가고 싶습니다. 그 경지가 누구를 죽여야 한다면 죽였고 용서를 해야 한다면 하는 것입니다. 때로 비굴하고 나약하지만 그것이 경지로 가는 것이라면 그렇게 표현한다고 생각합니다. 제가 변했다고 말하지만 저는 잘 모릅니다. 다만 늘 마음에 두는 것은 다수의 의견에 대한 의심을 버리지 말자는 것입니다. 최근작들이 예전 영화와 다르다고 하지만, 저는 숨기는 것이라고 생각합니다. 자세히 보면 더 잔인하고 아픈 영화들이라고 생각하고 그것이 자기 승화로 가는 길이라고 생각합니다. 요즘 영화들 속의 판타지가 더 깊어진 이유도 현실의 고통이 더 깊어졌기 때문이 아닐까 생각합니다. 저는 행복하지 않고 계속 더 슬프고 외로운 상태입니다.

감독님의 작품 한편 한편은 명백하게 자신에게 필요한 것을 충족시켜가는 과정이라고 생각됩니다. 예술가로서 아직 전달하지 못한 내용, 앞으로 전달하고 싶은 내용이 있다면 무엇입니까?

우리가 살고 있는 세상은 이미 모두 공범관계라고 생각합니다. 사람들은 착한사람과 나쁜 사람으로 모두를 나누지만 전 그런 것은 없다고 생각합니다. 이미 우리는 서로 마주보는 거울 같은 삶을 살고 있다고 생각합니다. 역사 안에서 인간들은 많은 것을 고쳐 살고 싶어 하지만 아주 유치한 걸로 여전히 서로 싸우고 있습니다.

이제 저는 다수가 행복한 것보다, 한 나라가 행복한 것보다, 어떤 집단이 행복한 것보다 개인이 자유롭고 행복한 것에 대해 말하고 싶습니다. 그 행복은 물질적 만족이 아니라 깨달음으로 반복하는 것입니다. 매일매일 또 다른 깨달음으로 경지에 이르는 것입니다.

세계 곳곳에서 제작되고 있는 독립영화들에 대해서 어떻게 생각하시는지요?

저는 세계에는 다양하고 멋진 영화들이 많다고 생각합니다. 최근 '투야의 결혼'을 뒤늦게 TV로 봤는데 정말 훌륭했습니다. 그런 영화를 통해 저는 또 다른 진실을 공부하고 있습니다.

스스로 사람들에게 오해를 받거나 진가를 인정받지 못한 적이 있다고 생각하십니까? 만일 그렇다면, 미래 작품들을 만드실 때 그 점을 염두에 두고 작업하시는 것이 중요한가요?

있었습니다. 그러나 곧 깨달았습니다. 그런 것은 중요하지 않다고 생각합니다. 인정받지 못했다고 제가 변할 수는 없습니다. (그럴 때마다) 더 단단하게 제 생각을 고집했다고 생각합니다. 그래서 지금도 여전히 영화를 만들 수 있다고 생각합니다.
영화는 가장 돈이 많이 드는 작업입니다. 저는 12년 동안 15편의 영화를 만들었고 한편도 흥행을 하지 못했습니다. 그러나 계속 만들고 싶고 늘 시나리오를 씁니다. 저는 제 눈에만 보이는 세상이 분명히 있습니다. 저는 그것을 믿고 있고 초월적인 경지로 가는 길이라고 생각합니다.

김기덕이란 이름은 이제 세계 영화계에서도 대단한 의미를 지니게 되었습니다. 영화계와 여러 다른 감독들이 김기덕이란 영화감독에게 관심을 갖게 된 것이 감독님 자신에게 어떤 영향을 주고 있습니까?

영화를 더 열심히 만들게 했습니다. 그리고 제가 표현하는 것이 틀리지 않았다는 믿음도 주었습니다. 그러나 이제부터 저는 중요합니다. 영화를 지속적으로 만드는 문제보다 더 자세히 인간의 물리적 현상과 의식적 현상을 고민해야 합니다. 1년에 한편이든 10년에 한편이든 이제야 말로 큰 영화제에 기대거나 마니아들에게 기대기보다는 보다 자각적인 느낌으로 어떤 외부의 영향을 받지 않고 표현해야 합니다. 더 자세하고 섬세하게 제가 살아온 사회와 인간에 대한 그림자를 찾아야 합니다. 그게 딱 뭐다 할 수 없습니다. 저도 아직 설명할 수 없지만 뭔가 있다고 생각합니다. 그게 모두 놀랄 일인지 저만 놀랄 일인지 모르지만 그런 게 있기를 바랍니다. 그래서 여전히 저는 궁금합니다. 제 미래의 생각과 제 영화가.

본인의 경험을 토대로 미래의 영화감독이 되고 싶어 하는 젊은이들에게 충고를 해주신다면?

기술과 테크닉보다 세상을 살면서 사람과 현상을 자세히 관찰하면 어떨까 생각합니다.

"저는 영화로 철학자나 권력자가 되고 싶지 않습니다."

KIM KI-DUK
ON MOVIES,
THE VISUAL
LANGUAGE

나쁜감독 김기덕
바이오그래피
1996 - 2009

영화와 수상

악어(1996)

한강 다리에서 자살한 사람의 시신을 유기, 그 가족과 고인의 몸값을 흥정해 돈
을 버는 악어. 실연을 당하고 자살하려다 악어에게 구출 되지만 강간당하고 탈
출한 여자가 그를 벗어나지 못하고 주위를 맴돈다.

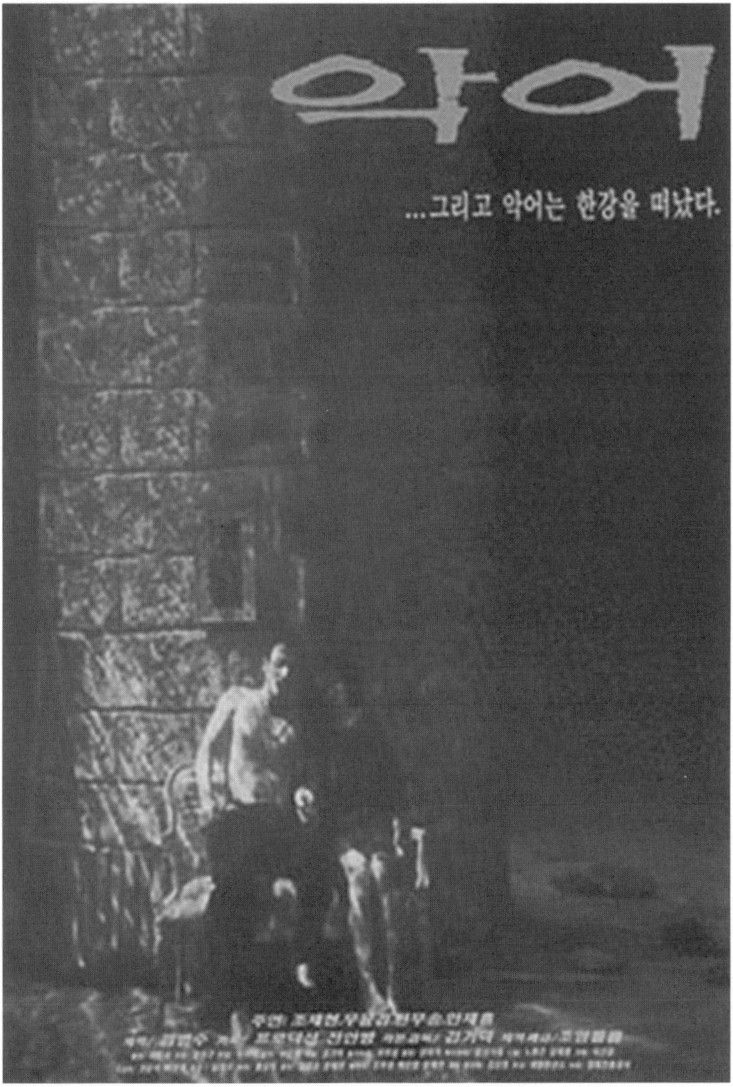
악어
...그리고 악어는 한강을 떠났다.

야생동물보호구역 (1997)

파리에서 아웃사이더였던 남한 청년과 북한 청년이 마피아의 조직폭력에 휩쓸리면서 벌어지는 시궁창 같은 인생과 사랑 이야기.

파란대문(1998)

포항의 한 여인숙에서 일하는 매춘부와, 매춘을 알선하는 부모로 인해 위선적이고 폐쇄적인 성 관념을 갖게 된 그 여인숙의 딸이 위기를 극복하게 되면서 서로의 공통점을 찾아 이해하고 화해한다.

Same age,
same space and different life...

Birdcage Inn

섬(2000)

베니스영화제 경쟁부문 넷팩 특별상, 2000
브뤼셀 국제 판타지영화제(포르투갈) 골든 크로우 대상, 2001
오포르토 국제 영화제(포르투갈) 심사위원 특별상과 최우수 여우상, 2001
모스크바 국제 영화제, 심사위원 특별상, 2001

바람 난 애인을 살해하고 외딴 낚시터로 숨어든 경찰. 그 낚시터에서 성매매를 알선하는 낚시터 관리인 여자. 그녀는 자살하는 그를 구출하고 두 사람은 광적 이고 가학적인 사랑에 빠져든다.

the isle
A beautiful yet dangerous place ...
그녀의 섬에 가고 싶다!
아름답지만 위험한, 그녀의...
섬
서 정 · 김유석 · 박성희 장항선 조재현 | <악어> <파란대문>의 김기덕 감독
CJ ENTERTAINMENT (주) 명필름 www.myungfilm.co.kr | www.theisle.co.kr | chollian: go isle

실제상황(2000)

대학로의 거리화가인 젊은 남자, 그는 늘 당하기만 하는 사회적 약자였지만 어떤 계기를 통해 분노를 참지 않는 무서운 살인마가 된다.

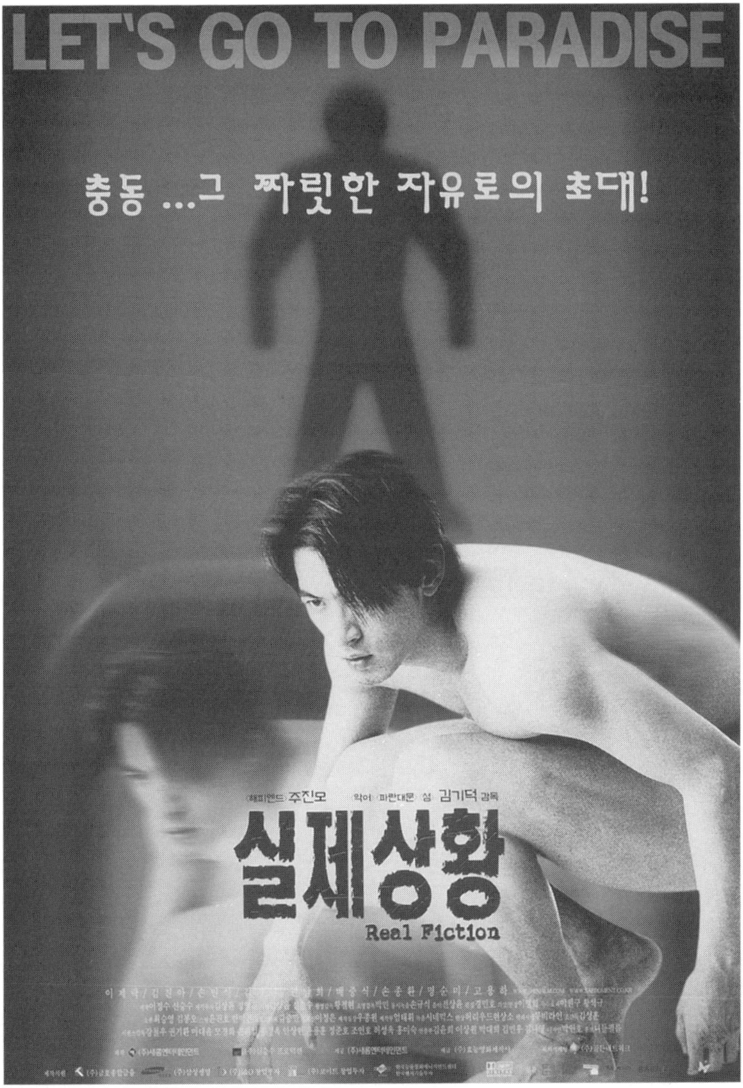
LET'S GO TO PARADISE
충동 ...그 짜릿한 자유로의 초대!
(해피엔드) 주진모
악어 · 파란대문 · 섬 김기덕 감독
실제상황
Real Fiction

수취인불명(2001)

시네마 노보 영화제(벨기에), 젊은 심사위원의 아마쿠루 상, 2002
영평상(한국) 각본상, 2001

양공주였던 엄마가 혼혈인 아들과 살면서 미국에 간 흑인 남편에게 끊임없이
편지를 쓰지만 늘 '수취인불명' 도장이 찍혀서 되돌아온다.

수취인불명
ADDRESS UNKNOWN
이무도 받지 않는 편지, 아무도 받지 않는 사랑.
www.addr-unknown.com
김기덕 감독 작품

나쁜남자(2002)

후쿠다 아시아 영화제(일본) 대상, 2002
대종상(한국), 여우주연상 서원, 2002

자신을 경멸하는 여대생을 창녀로 만든 사창가 깡패 두목. 그 두목을 증오하는 여대생 출신 창녀. 그가 누명을 뒤집어쓰고 사형을 언도 받자 갑자기 그녀는 그의 구명을 위해 나서고 깡패 두목을 감옥에서 빼낸다.

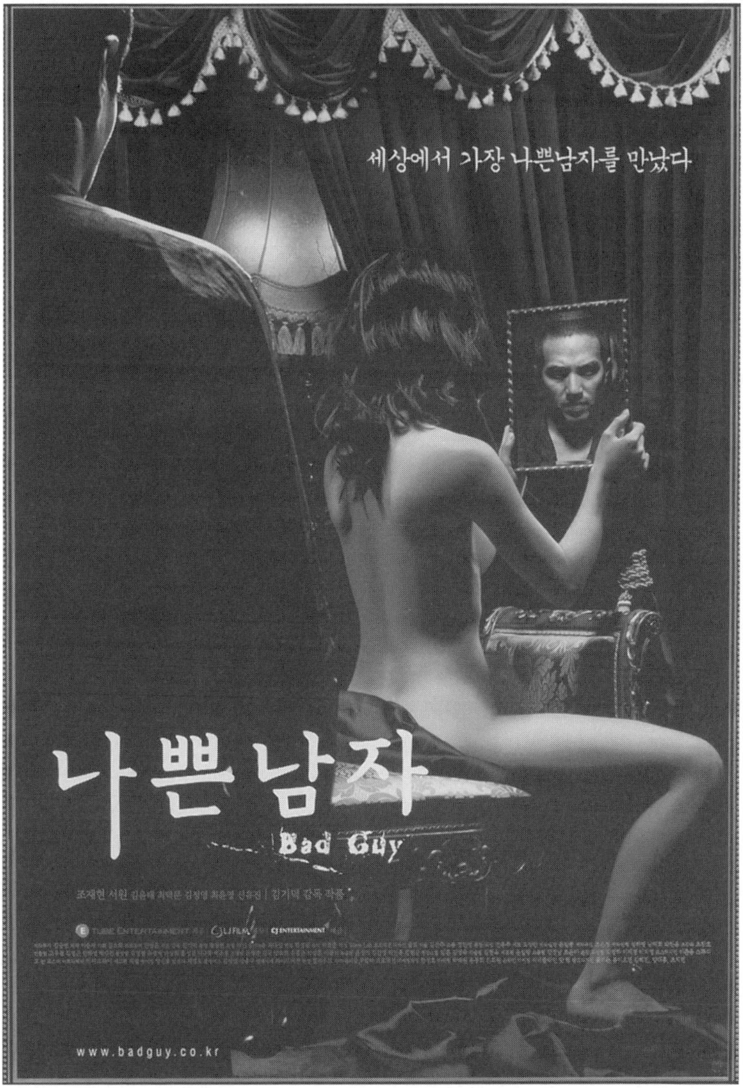
세상에서 가장 나쁜남자를 만났다
나쁜남자
Bad Guy
조재현 서원
김기덕 감독 작품
www.badguy.co.kr

해안선(2002)

카를로비바리 국제영화제(체코공화국) 국제영화평론가협회상,
아시아 필름을 위한 넷팍 상, 카를로비바리 타운상, 2003

남북이 대립한 해안 철책선에서 술에 취해 정사를 벌이는 민간인을 오인사살한
병사와, 그에게 애인이 사살된 여자. 점차 이상해지는 두 사람의 광기가 해안선
의 부대 근처를 불안하게 맴돈다.

해안선
The Coast Guard
넘어서는 안될 선이 있는 그곳
감독: 김기덕 주연: 장동건 김정학 박지아 유해진
제공 코리아픽쳐스(주) KOREA PICTURES 제작 엘제이필름(주) LJ FILM
www.coastguard.co.kr
UNIONBAY

봄 여름 가을 겨울 그리고 봄(2003)

블라디보스톡 국제 영화제 대상, 2004
루마니아 아노니물 영화제, 촬영상, 2004
라팔마 국제영화제(스페인 카나리 섬) 골든레이디 하리마구아다
최고 영화상, 촬영상 수상, 2004
아카데미 어워드, 최고 외국어영화를 위한 한국 공식 선정작, 2004
산세바스찬 국제 영화제(스페인), 관객상, 2003
로카르노 국제영화제(스위스), 청년 비평가상,
국제예술영화관연맹상, 아시아영화진흥기구상, 돈키호테 상, 2003

천진한 동자승이 소년기, 청년기, 중년기를 거쳐 장년기에 이르는 파란만장한
인생사가 신비로운 호수 위 암자의 아름다운 사계(四季) 위에 그려진다.

<섬>, <나쁜남자>, <해안선> 김기덕 감독의 아홉번째 영화

제56회 로카르노영화제 경쟁부문
제3회 광주국제영화제 개막작

사계절에 담긴 인생의 비밀

봄 여름 가을 겨울 그리고 봄

www.springagain.co.kr

사마리아(2004)

베를린 영화제 감독상, 2004

유럽 여행을 위한 경비를 벌기 위해 남자들과 원조교제를 하는 여고생 재영. 재영의 그런 행위를 싫어하면서도 돕는 친구 여진. 어느 날 재영은 단속 나온 경찰을 피해 모텔 창문에서 뛰어 내려 그녀를 기다리던 여진 앞에서 죽는다. 그 후 여진은 재영이 만났던 남자들을 찾아가 섹스를 한 후 재영이 받았던 돈을 돌려주는데 경찰이었던 여진의 아버지가 모텔에서 나오는 여진을 발견하고 만다.

samaria

'너희중에 죄없는 자
이 소녀에게 돌을 던지라'

김기덕 감독의 [나쁜남자] 두번째 이야기

빈집(2004)

탈린 블랙나이트 영화제(에스토니아) 최우수 감독상, 관객상,
포스티미스 비평가상, 에스토이아 영화평론가 상, 2004
발라돌리드 국제 영화제(스페인) 골든 스파이크 대상, 2004
베니스 국제영화제 은사자 최우수 감독상, 국제영화비평가상,
미래비평가상 (2004)

빈집을 찾아 숨어들어 며칠씩 살고 나오는 이상한 취미가 있는 태석. 그가 어느
빈집에서 남편에게 학대 당하는 선화를 구출하고 둘은 함께 빈집살이를 하며 사
랑에 빠진다.

활(2005)

외딴섬에 한 소녀와 청년처럼 건장한 노인이 살고 있다. 섬에 온 낚시꾼들은 호
시탐탐 그녀를 노리고 소녀가 열 일곱살이 되면 혼례를 치르려는 노인은 활로
그녀를 지킨다. 하지만 결국 소녀는 외지인과 사랑에 빠지고 만다.

제58회 칸 영화제 공식부문 '주목할 만한 시선' 초청작

강하고 아름다운 울림

김기덕 감독 작품 전성환, 한여름, 서지석

시간(2006)

시카고국제영화제 플라크 상, 2006

세희는 오랜 연인 지우의 사랑이 변했음을 느끼고 성형수술로 새로운 사람이 되어 이름을 새희로 바꾸고 지우에게 접근한다. 새로운 새희와 사랑에 빠지는 지우, 새희는 그를 유혹하면서 그가 세희를 잊지 못하고 있음을 알게 된다.

숨(2006)

사형수 장진은 송곳으로 목을 찔러 자살을 시도한다. 남편의 외도와 함께 삶이
어긋나기 시작한 연은 TV에서 장진의 뉴스를 보고 삶의 온기를 다시 불어 넣어
주기 위해 노력한다. 이를 알게 된 남편은 이들을 방해한다.

La jalousie, un souffle qui nous épuise Le pardon, un souffle qui nous soulage
L'espoir, un souffle qu'on retient La passion, un souffle qu'on libère...

Souffle

UN FILM DE KIM KI-DUK

비몽(2008)

영평상 감독상, 2008
브뤼셀 판타스틱영화제 최우수상, 2009

몽유병 상태에서 진이 꾸는 꿈대로 행동하는 란. 란의 절박한 부탁에도 불구하고 스스로의 꿈을 컨트롤 할 수 없는 진. 현실에서 진의 꿈대로 행동하며 벌어지는 사고로 인해 그녀에게 진은 악몽일 뿐이다.

당신이 있어 슬픈 꿈

꿈으로 이어진…
슬픈 사랑

이나영 ▓ 오다기리 죠

KIM KI-DUK

biography 1996-2009